光尘
LUXOPUS

流光中的爱人

[美] 玛德琳·亨利 著
陈磊 译

The Love Proof

Madeleine Henry

北京联合出版公司
Beijing United Publishing Co.,Ltd.

献给戴夫,

我超越时间与空间的爱人

真正的联系永远不会消失。它们可以被埋藏，被无视，被躲避，但永远不会断开。如果你在内心深处对他人或某地有着深刻的共鸣，那么这份联系就不会改变，距离、时间、形势都不是问题，也不管是否在场，处于何种境况……真正的联系将永远存在。

——维多利亚·埃里克森

（著有《奇迹边缘》《节奏与路》）

第一部

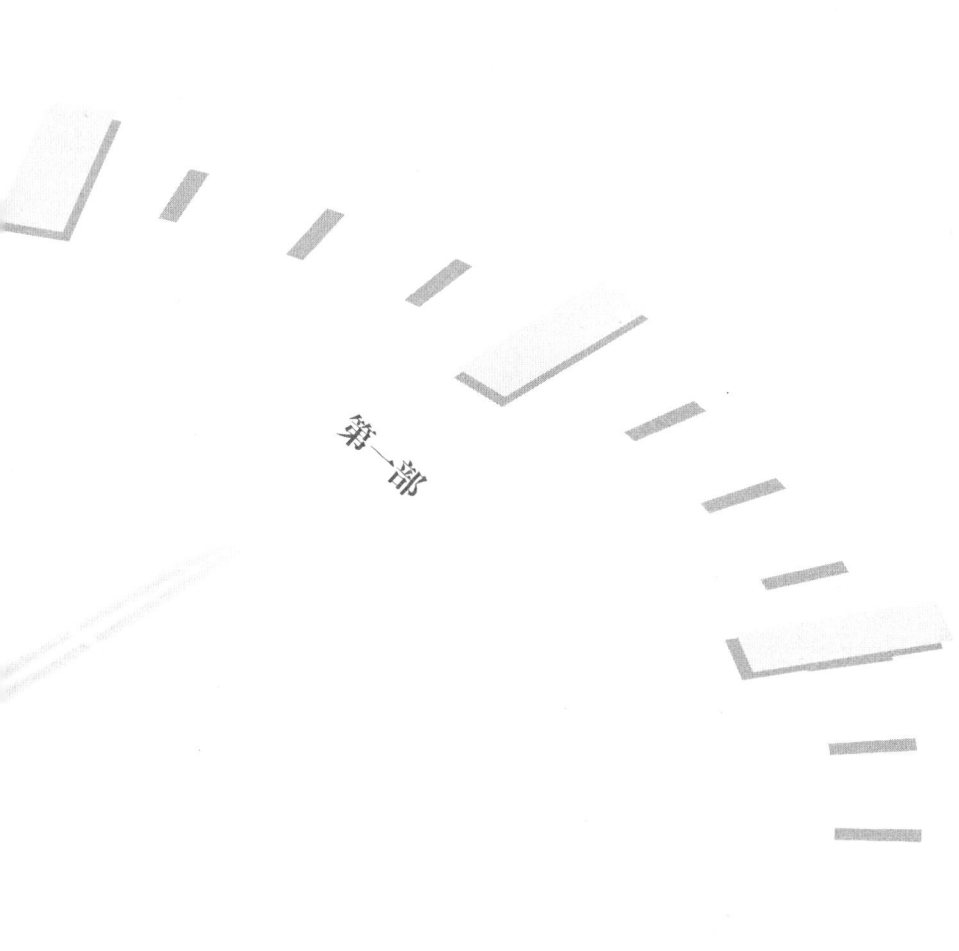

当你对某个从未见过的人有似曾相识感的时候,
不知为何你知道,这就是你所想的那个人。

一

相遇之前，杰克·克里斯托弗正坐在耶鲁大学最大的礼堂伍尔西大厅的第三排，他抬头瞥了一眼身后的楼座。大厅里挤满了盛装出席新生大会的大一新生，大学的第一个学期即将开始，他们个个都活力四射。这时，索菲·琼斯正探头越过楼座栏杆往外看，杰克看见她时呆住了。索菲一头金发，白色连衣裙的一边肩头织着一只大黄蜂图案。周围人都在聊天，她独自坐在那里。她看上去比其余所有人都年轻。杰克看她的时间越长，就越清楚地感觉到，他以前见过她——不，不止如此，是认识她。

索菲于人群中发现了他的目光。他黑色的眉毛皱在一起，像深海般黑暗。她的心怦怦直跳，仿佛他是一浪潮水，要将她一起拉下去。他旁边的运动员突然转过身，宽阔的肩膀挡住了她的视线。索菲向后靠，一只手垂下去捂住腹部，不明白自己为什么会有如此强烈的情感波动。

"是索菲还是索菲亚？"阿里·科塔克教授倾身问彼得·马尔奇克教授。两人在耶鲁物理系会场的位置相隔一英寸①。当然，她的名字是索菲·琼斯——《纽约时报》的简介称她是"下一个爱因斯坦"。在那篇文章中，三位全球所获荣誉最多的数学家预测，她将是十年内解答人类有关空间与时间这类著名问题的那个人。那是意义最深远、最难以战胜的问题，内容是关于何为真实，解答它们将为人类带来革命性的影响。

"索菲。"彼得漫不经心地低语。

满屋子的人穿的多是皱巴巴的带衣领扣的衬衫和人造丝马球衫，因此彼得的耶鲁蓝领结就显得相当亮眼。他身材瘦削，指关节、肘关节和膝盖骨都十分突出。在这场令人昏昏欲睡的会议中，他的坐姿可谓完美，所有人都面朝着首席，坐在那里发言的，是体格健壮的俄罗斯天体物理学家帕维尔·卡皮查。彼得一直在用蓝色钢笔轻轻敲击身前摊开的笔记本，敲出了一片蓝色的斑点。与此同时，他也在急切又紧张地思考，等了这么久，这一次他能在多近的地方与她相见。

---

① 英寸（Inch），英制长度单位，1 英寸约等于 2.54 厘米。

"……她决定研究时间。"帕维尔用低沉的声音嗡嗡地说,"她陈述的研究问题是——"帕维尔弯曲手指,在空中打出引号手势,"'我们怎么才能看见时间'。彼得将是她的导师,但总会有一个时间点,她会遇见在座的每一位,而且她可以接近你们之中的任何一位。"帕维尔满怀期待地看了一眼彼得,雪白的眉毛柔化了他的眼神。

"现在?"彼得问。

帕维尔点头示意他起立。彼得将他五点七英尺[①]的身板挺得笔直,舒展瘦削的脸颊,强露出一个微笑,尽管他并不是太在乎周围的男男女女。绝大多数人都令他厌烦。他觉得索菲会是个例外。自打去年冬季她承诺来耶鲁,她就在他的脑中挥之不去。有时浮现的是她的脸:一头金灿灿的头发呈正弦曲线的形状直垂腰际,表情镇定,似在深思。彼得习惯于具象思维,此举将他的自然记忆能力提高了十倍。有时他看见她是一只无限边形,就是一个有着无限条边的多边形。在他思维的黑暗舞台上,她就宛如一只光芒四射、错综纷繁的迪斯科灯球,有炫目的复杂性,还有无限的潜力。

去年,索菲在高中最高级别数学竞赛——国际数学奥林匹克竞赛中夺得冠军,这是她连续四次夺冠。从二十世纪五十年

---

① 英尺(Foot),英制长度单位,1英尺约等于30.48厘米。

代起，该竞赛每年都会吸引最具天赋的学生参加。但连续四次取得满分的再无旁人，三次夺冠的也仅有另外一个人。索菲的世界纪录引发了全球新闻界的轰动，各大报纸头版文章，比如《泰晤士报》刊发的《下一位爱因斯坦》，以及电视访谈，比如《早安美国》的四分钟节目，都称她为奇才。彼得对她的了解已经堪比粉丝。他从节目片段中了解到，她的声音带着孩子气。她的行为举止脆弱又甜美。她每次回答问题都很温柔，而且……女性气息浓郁。一个女孩。能达到她那种科学思维水平的人不多，像她那样年轻的更是找不出第二个。她是如此的温顺，如此的不热切，她的成功似乎并非出于自身意志，而是因为超自然力量。她经常把头歪向一侧，似乎完全被别的东西吸引，仿佛游走于现实与梦幻之间。一头长发更增添了一种神秘气质。

"大家好，"彼得说，"帕维尔要我讲讲我准备怎样与索菲一同学习。她已经报名选了一门新课，一堂高级个别辅导课，我们会一对一地进行。计划是每周见一次面，一次两小时。两次辅导之间，我会布置十个问题，全部关于时间理论。然后我们一同讨论她的解答。正如帕维尔所说，她想回答的问题是'我们怎么才能看见时间'。"

每个人都看见了时间流逝的证据——时钟嘀嗒，季节变换，但索菲想看见的是时间本身。她在一篇描绘自己将在耶鲁研究什么内容的大学论文中问道:"流逝的究竟是什么,它又在哪里,我们怎么才能看见时间?"她引用了爱因斯坦的话。一九〇五年,爱因斯坦提出了狭义相对论,这一突破性的观点认为,在一个无缝隙的四维组织中,三维空间与时间是融合在一起的。因此,正如索菲在论文中所说:"如果空间与时间融合在一个统一体中,那为什么我们能看见空间,却看不见时间?"物质可被肉眼观测,可被分解为原子。光也是可见的——从红一直到紫,而且可分解为光子。"为什么时间不能?"这是彼得专业领域的问题。过去十年里,他都在耶鲁研究时间,同时教授该校唯一一门相关课程。在此期间,他成了世界最知名的时间理论专家。他发表的观点绝大多数都是关于回到过去的可能性,他曾在主要期刊上论证过,通过虫洞有可能实现这一设想,所谓虫洞就是一条连接不同时空的理论性隧道。

"是什么让她如此特别?"昨天晚餐时,彼得的儿子班吉这样问道。

彼得用叉子戳着盘中的意大利螺旋面。

"你喜欢电子游戏,对吧?"他问。

妻子玛吉在桌对面怒视着他。

"对啊。"班吉说。

"那好,想象一下你所知道的最难、最棒的游戏,"彼得说,"想象那个游戏中的最高水准,你永远也不可能越过的那个水准。现在，想象你遇见了一个比你厉害的玩家。她所使的都是你只能梦想的招式——在巨型蘑菇上跳跃三周半。"

"哇哦！"班吉惊呼。

"可她以前从没玩过这个游戏，"彼得继续说，"她只是请你稍加指导。你对她了解越多，就越感到兴奋，因为你知道，你切切实实地知道，在你的帮助下，她不止能超过你所见过的最高水准，她还将赢得这个游戏。"

回到会议现场，帕维尔示意他落座。

"谢谢你，彼得，"他说，"你的第一堂课是在什么时候？"

"今天。"

杰克跑进教室，查看四周寻找座位。几百台打开的笔记本电脑挑衅般地要求课堂尽快开始。屏幕上的光标跳跃着，像被按住的时针。交谈——很热闹，仍在津津乐道一些初次见面打破隔阂的问题——音量逐渐减小，直至安静下来，所有人都在留神聆听。杰克从胸前拉起黑T恤的领子给自己扇风，眯眼看下面的教授时，无意间瞥见前方有一个熟悉的身影。出于本能，他大步朝她走去，一路经过时，旁边座位上的几根马尾辫像钟摆一样摇晃不定。

"借过。"杰克一边道歉，一边径直穿过前排座椅。只见中间的座位上，索菲正倾身倚着桌面，钢笔架在下嘴唇上。紧身红 T 恤贴在胸前,牛仔短裤上有金属片装饰而成的明亮图案——紫色的星星、绿色的月亮、伸出两根触须的蝴蝶——裤边缀有流苏。这身装扮看上去有些过于幼稚,似乎是给比她小一半年纪的孩子准备的。听到动静,她抬起头来,杰克朝她挥手。此刻,他对她的直觉更加强烈。他觉得他们共享着某件重要的事。他不记得是什么,但那事却让他们成为同类,就像他们曾经因为同一件事而受过伤。他们曾一同经历过脆弱时刻,但又存活下来。

他在她身旁落座,绽出一个友善的笑容。

等等,索菲想到,我们是怎么……

幻灯片切换了几下。索菲面朝前方,却用眼角余光瞥见他打开了笔记本电脑。他的肌肉像是解剖学教科书中的插图一般,雕刻得块块分明。从覆盖肩膀的三角肌,到大臂上的肱二头肌和肱三头肌,再到小臂上较小的肱桡肌和腕屈肌,然后是数不清的蓝色血管。索菲从未见过比这更结实的身体。她喜欢它充满活力的样子。他黑 T 恤的领线有些晃悠,是多年穿脱造成的结果,大拇指已经把针脚抻开了。

哦,索菲扬起一边金色的眉毛,幅度如此之小,几乎难以看清。集合时的那位?那似乎并不是完整答案。他的笑容表明,事情没有这么简单。他看到她似乎很高兴。她继续偷瞄他。他并未记太多笔记,敲击键盘时也只是快速地打出几个单

/9

词，发出噼啪几声。但她依然辨别得出，他在听讲，他正深刻地扎根此刻。他似乎比其他逐字记录的学生更理智，仿佛他能敏锐地感觉到哪些是重要信息。

这门心理学导论课吸引了大量听众。教授为描述课程，提出了一系列问题。主题包括大脑、梦境、爱——是什么让一个人显得迷人，是什么让两个人相爱——性与道德，而且对每个主题都进行了概述。这都是一些关于存在的基础性问题，杰克不相信这位教授能回答其中的任何一个——谁能回答呢——但为了身旁的女孩，他留了下来。教授讲完后，教室里响起几声稀稀拉拉的掌声。杰克的双手仍放在键盘上等待，她已经将笔记本塞进装满硬皮书的背包。

那天下午，索菲要与马尔奇克教授见第一面。上午时，马尔奇克教授给她发了课程大纲，所以她知道当天他们要讨论时间的起源。大多数物理学家都同意，空间与时间都诞生于大约一百四十亿年前的宇宙大爆炸。在历史开始的 10^{-43} 秒里，宇宙处于一个比质子还小的空间内。全部四种基本力——万有引力、弱核力、强核力和电磁力——都统一在如此奇怪和令人费解的条件之下，目前尚无人能用任何物理定律来对它们加以描绘。在那 10^{-43} 秒中，万有引力从其他三种力中分裂出来，于是我们所知的宇宙便开始成形。

索菲拉上背包拉链，一边想着万物的起源，一边隐隐希望这个人能和她一起离开。

她将胳膊伸进背包带子中。

"嘿。"杰克招呼道。

他身高六点四英尺,比她高出许多。索菲的微笑持续了不到 10^{-43} 秒,然后他们跟上了人群的步伐。

"抱歉,我们是怎么……"她问道。

她的问题没有说完,他为她拉开了门。和她在一起时,他的舒适感就被打破了。他为什么会觉得,他们共同拥有一段历史?他们在人行道上停下脚步,打量彼此。杰克的目光落在她衬衫和短裤之间的那一英寸皮肤上。她短短的指甲涂成了白色。她雕塑般线条分明的柔软手臂上戴着手链,上面有不同阶段的月亮形状装饰,中间有一个类似太阳的圆片。银项链的最低处,有一只海星在闪闪发光。她的脸毫无修饰,杰克在那其中发现了某种类似爱神与美神阿佛洛狄忒的神情,仿佛她是从海上泡沫那般自然天成的某种事物中诞生的。索菲看着杰克的深色头发、黝黑的肤色和棕色的眼睛。他有一只大鼻子,瘦削的脸颊指向锋利、干净的下巴。在这样近的距离中,她在他身上发现了某种毫无疑问可算作冷静与沉思的东西。那是一种使命感,就在他的姿势——挺直的腰背、低沉的肩膀、安稳的站姿——之中。

他们站在那里,阳光晒暖了他们的皮肤。光的粒子在他们之间跳跃。有些光斑刚刚从太阳出发，八分钟内在星系中穿越了九千三百万英里[①]的距离；经过了恒星与行星，穿越了气体、尘埃与黑暗无声的虚空，才触碰到他们。杰克和索菲隔着三步远的距离，他们的身体被光连系在一起。

"你去参加了新生集会。我叫杰克。"

"索菲。"

令她自己也出乎意料的是，她竟然伸出了手。索菲平时与陌生人在一起是不可能感觉这么自在的。过去的几天里，到处都是一群一群的陌生人，她的不适感比以往更甚。但此刻的她竟然伸出了手。他问她要去哪里。她看一眼手表，下午2:15。她三点钟必须赶去和彼得见面。

"餐厅？"她提议道。

他点点头。

行走之际，他们意识到，事实上那次集会是他们第一次见面，于是便从零开始提问了解彼此。杰克来自纽约市，索菲来自维斯切斯特。两人都是家中独苗——索菲得知这一点后十分高兴。

当索菲恍然大悟时，彼得正在半英里外的办公室修订自己的笔记。她的课程表就在他的圆桌上。彼得的教学计划早已超

[①] 英里（Mile），英制长度单位，1英里约等于1.6公里。

出时间理论的范围，囊括了天体物理学、生物学、化学和心理学的思想，变成了一门跨越多种学科的独一无二的课程。他还阅读了索菲的简历，了解了她的学习特点。他该怎样指导一位奇才，她有什么独特需求，薄弱点在哪里？彼得还研读了报刊中介绍过的天才儿童案例，花大价钱查阅了物理系订阅的每一份新刊物。

这时候，他觉得他早已了解索菲，尽管还从未见过她。大约有半数的美国人都是孤独的。如他所了解到的，这个比例在优等生中还要更高。他立刻就明白了这些数据。奇怪的是，了解到孤独的广泛存在以后，他的孤独感却立刻减轻了。一些研究指出，大约有55%的美国成人表示，他们觉得没有人了解自己。他们独自生活，有着无处分享的兴趣爱好，整天都在一份孤独的职业中忙碌。他们的生活整个都是隐形的。大约有50%的成年人表示，他们的"人际关系没有意义"，与他人的联系"流于表面"。而与这些凄凉的境况相对，被认为是优等生的十八至二十一岁的年轻人，拥有的社会联系最少。大学里有一半的全优生，每周至少有一天没有与人交谈。

像索菲这种人不习惯亲密关系。他在想，鉴于她对其余的一切都一无所知，那么她是否意识到她自己有多孤独了呢？从今天开始，她每周都要与他相处几小时，接受他的全面关注。他看一眼墙上的挂钟——下午2：30。而与此同时，在西利曼餐厅，杰克和索菲已在一张长桌旁相对而坐。墙上的拱形窗比杰克还高，而且高高的天花板上还挂着一盏让人联想起霍格沃茨魔法学校的枝形吊灯。索菲出神地看着杰克的碗中高高堆起的脆谷乐燕麦片。

"伟大的思想……"他指着她盘中的华夫饼。

"你是讨厌午餐，还是太爱早餐呢？"

"我感觉才刚刚醒来。"

他这句话显然指的是清晨醒来时精力最充沛，说着他还打开两只拳头，像是刚刚睁开眼睛迎接新的一天的样子。在他笑脸的最下方，索菲注意到他的下齿挤得重叠起来，上排也有两颗牙齿斜着靠在一起。她喜欢他身体上的这个缺陷，她的心为之一动。杰克竖起两只大大的手指，摇晃着。

"唔？"索菲问道。

他放下他的手。

"你还好吗？你刚刚有一秒钟走神。"

"哦，"索菲咬了一口华夫饼，"没事。"

"怎么？"他想要知道。

"我刚刚在想，"她说。杰克用沉默劝诱她继续。他们的谈话内容已经改变，她顺从地做出调整，深入表面之下。"我在家里看新闻时，看过一个视频，里面有一只狒狒。"她摇摇头，盯着自己的盘子，"算了。"

"和一头美洲豹?"

"是的。"索菲抬起头。

"那段视频的内容实在是出人意料。"

在那段病毒视频中,一头美洲豹咬死了一只狒狒妈妈,之后又在它几英尺外的巢穴中找到了一只刚出生的小狒狒。小家伙左右张望,还不知道是怎么回事。它想逃走,但最终美洲豹获胜,叼着那只小狒狒爬上陡坡,爬到一棵树上。美洲豹放下小狒狒……开始舔舐它,一遍又一遍。后来那头美洲豹开始抚育小狒狒,仿佛是它自己所生。

"不过,你想到的是什么?"杰克问。

她耸耸肩:"弱点有一种能牵动我们所有人的力量,瑕疵和缺陷也是。所有动物都概莫能外。"

他笑了,露出了牙齿。

"感觉你说得很对。"他说。

"不管怎样。"她说着开始寻找下一个问题,最终还是转向了她最常问自己的那一个,"你毕业后想做什么?"

他笑了起来。

"怎么?"她问。

"没事,"他说,"很棒的问题。只是不常有人问我。我是说,被同龄人问。"他向后靠在椅背的两根支柱上,双手抓着桌子的木头贴边。接着他的身体不稳地歪向一侧,想着才认识这么短时间,他应该透露多少。他俯身向前撑在桌面:"你知道莱昂内尔·帕丁顿是谁吗?"

"帕丁顿联合基金会的那位。"

"对。"莱昂内尔创建了世界最大投资基金会之一的帕丁顿联合基金会,现在管理的资金超过五百亿美元。其本人的身价达到了四十亿美元。"我想做类似的事情。"

"唔,"她将一块华夫饼在盘子里向左向右推来推去,"为什么?"

杰克还从未公开解释过原因。没有人问起过,而他也从未自愿站出来解释自己为什么想成为富人。哪怕是在最好的情况下,"我想成为富人"这句话听起来也会显得枯燥和自私,而在最坏的情况下,则可以说是讨人厌。"一旦听过人们的故事,没有任何人是你无法爱上的。"杰克在高三时的英语老师说过这样一句话。如果人们了解了他的故事,那他们就会理解。

"好了,那你呢?"他搪塞道,"你想做什么?"

她慢慢吸了一口气。

"我想弄清楚世界的运转规律。我们所知的还太少。"她用手指绕着餐厅,画出一个没有名字的隐形圆圈。杰克假装帮她补全图案,然后指向自己。她笑了起来。"许多人认为科学枯燥——"杰克支起耳朵倾听,"——无情又无聊,但我的看法却不同。我总是觉得,万物都有眼睛,这个世界一直到原子层面都是活力充沛的。但我们长大以后,却开始用自己希望的方式看待事物。我们不再提问和倾听,我认为宇宙一直在对我们讲话,通过符号、直觉和感觉这类我们无法解释的方式。我想尽我所能地多去了解,尤其是巨大建筑模块一般的现实世界。"杰克将他的食物向前推进一英寸,若有所思地鼓起掌来,"我研究时间。抱歉,我一般不会这么……"她说着指指自己的嘴。

"我爱听。"他急忙说道。

她微笑起来。

"如果能让你实现一个梦想,你希望实现什么?"他问。

"我想了解万事万物。你呢?"

"我想拥有万事万物。"

"什么?"她问道,而他耸了耸肩。

"这种渴望让我觉得很羞愧。"

"我也有那样的想法,类似的想法,每当感觉奇怪的时候。每当我看到没有其他人在做我所做的事,做出我所做的选择时,我会告诉自己,人是类似蜜蜂的群居生物,如果你能理解的话。"

杰克摇摇头,"是这样,在蜂巢中,每只蜜蜂都有自己的角色,哪怕我们不能理解。它们都服务于一个更大的目标。那个目标与任何一只蜜蜂都无关,甚至与蜂后无关。蜂后死后,蜂巢会将它替换掉。一切都是为了蜂巢。"厨房里突然传来盘子摔碎的声音。索菲抬头看向杰克背后墙上的挂钟,时间是2:55。步行前往马尔奇克教授的办公室需要十分钟。

"那么——"他说道。

"我得走了。"她打断他的话。

杰克注意到,他们是餐厅里最后的两个用餐者。他点点头,站起身。两人将托盘叠放在金属架上,走下四段台阶,在大门前停下脚步。他们各自伸出一只手,摊平手掌,放在彩绘玻璃窗上,心跳都变快了。在他们手掌的周围,影子的轮廓从深紫红色过渡到绿色。索菲看着那些影子,想起广场上的飞盘。杰克却只看着索菲,下倾下巴,两人的距离近到他呼出的温热气体扑在她的鼻子上。

"你的电话是多少?"他问。

索菲吻了他。他们定在那里,组成一个Y字形结构,嘴巴贴在一起。杰克跟随她的指引,回应着她的触摸和压力。他等待着——被唤起了兴趣,后颈上的汗毛竖了起来——她的动作,以便做出回应。但始终都只有嘴唇的触碰,令人恼怒地停留在表层接触。索菲抬起手,捧住他一侧的脸颊。他的脖颈热热的,下颌线一片光滑。她舔着他的上唇。杰克小心翼翼地学样。她向他靠近,他慢慢地将她的身体拉近,直至她最终抽身。

"能把你的手机给我吗?"她问。

他从口袋里掏出手机。她输入她的号码,递还给他。目光交汇时,她感觉他的目光落在自己身上,就像自己是唯一的幸存者。

"见到你真好,杰克。"她说。

"索菲。"

第一条信息该给她发什么呢?什么时候能再见到她?她想一起学习吗?去哪里走走?吃晚餐?杰克想入了迷,完全没意识到已经走过宿舍楼,又多走了几个街区,跨越了作为校区和本地居民区分界线的博派斯炸鸡店,来到了纽黑文市他从未去过的一片区域。

下午3:29,彼得独自坐在办公室。

她在哪儿?

"我们怎样才能看见时间?"教学大纲上这样问道,教材连第一页都没翻走。下面的笔记本上记满了他在阅读那些天才的事迹时摘录的笔记。他慢悠悠地翻着——现在是3:30——刚好看见"知识分子交情"这个短语。他已经在下面画了线,想着索菲会很渴望这种交情。她那个年纪的人不会与彼此交谈。一份研究表明,千禧一代①的人几乎百分百都表示,相较

---

① 千禧一代(Millennials),指出生于20世纪但未成年,进入21世纪才成年的一代。这代人是与互联网共同成长发展的一代。

于面对面交流,他们更擅长用文字表达自己。彼得感觉自己像个社会学家,正在阅读一份有关"失语"流行趋势的研究文章。他在想,对于索菲来说,有人能坐下与她交谈吗?除此之外,谁的智商能与她的思维相提并论?问她早上的情况,中午吃了什么,然后无缝地问及当把行星在轨道上运行的角速度排列起来,换算成比率,于是就得到了今天的大调音阶和小调音阶,她对这一事实有怎样的看法?宇宙有节奏吗?彼得在想,是否曾有人与她进行过几小时的交谈。他翻动纸页,当然,不管他自认为与索菲多么熟悉,他们毕竟还没见过面。下午3:31。她遇到什么事了吗?就在他起身的那一刻,有人敲响了他打开的办公室房门。

"你好,马尔奇克教授。"索菲说道。

他将双手插进口袋。他移动着双手。

"抱歉我迟到了。"

她的外表所展现的年龄比实际上更年轻。红T恤和短裤之间裸露的小腹在物理楼尚无先例。他示意她坐下,然后自己也坐下来。她的道歉声还在他耳边回荡。彼得本来想说没关系,但他发现自己无法撒谎。他几乎快将笔记本翻完了,最后停在空白的第一页。他意识到,他没有与她握手。每次想象他们的见面场景时,他总会设想与她握手的画面,说一些有先见之明的乐观话语。

"我本以为会提前开始。"

"抱歉,这种事不会再发生。"

彼得等待更多的解释,她却没再说话。

"我计划是下午三点开始。"

"我明白。"

"在一门关于时间的课程中,时间的区别实际上是最重要的区别。"

"我知道。"

他看着教学大纲,其中列出了每堂课的主题。当他再次抬头看向索菲时,她的头歪向一侧,嘴唇半含笑意,但一闪即逝。她摆正脑袋。她分心了吗?在他所有关于此刻的想象中,在他对课程所做的所有研究中,他从未想过她会分心。

"有个叫克劳德·香农的人,"彼得揉着太阳穴,突然说道,"一九四八年,他发表了一篇有关信息理论的论文——非常重要的大部头著作。其中概述的系统,后来演变成了今天的电话、广播、电视机……你知道他最早是何时产生那个想法的吗?"他看着索菲的浅蓝色眼睛。

"不知道。"

"一九三九年,在论文发表的十年前。"彼得轻敲桌子十次以示强调,"香农在这期间的工作也并不是连贯的。十年间,各种想法来来往往,取得进展,然后一无所获。就这样一次又一次地重复，他一定念叨了十年。"彼得停顿片刻，才又继续讲述，"索菲，我告诉你这件事是想说，天才的工作都需要时间。要在任何一个领域出类拔萃，你都需要坚定不移地努力许多年，许多年。"他再次停顿，"今天你迟到了半小时，那就意味着，你的洞见也将迟到半小时，如果你能取得洞见的话。我很抱歉说这些，但不管你将成为什么人，你的努力时间都少了半小时。"

她轻轻地点头。

"我再也不迟到了。"她保证道。

彼得察觉出她声音中的恐惧。他有一个习惯，总是过于关注人们话语背后的含义，而不够关注说话的人本身，为此常常会吓得人不敢说话。玛吉多年前就指出了这一点。

上周，玛吉邀请一对夫妇来家里用晚餐。那位妻子是耶鲁的人类学教授，不过彼得不记得她的名字，也不知道玛吉是如何认识他们的。那位教授和她的丈夫——名字也被彼得忘了——刚结束越野公路旅行回来。她刚开始描绘俄勒冈州哥伦比亚河峡谷的景色，彼得就打断她，询问他们一共驾车行进了多远——五千三百六十英里，花费了多少时间——两周。他于是推断他们每天要走四百英里，时速六十英里，一天里几乎有八小时在路上。彼得念念不忘的一个问题是，久坐是否导致他们背痛。教授展示峡谷的视频时，彼得执着于她的苹果手机拍摄长焦视频的能力，问她在保证清晰的情况下，镜头能拉伸到多少，每秒钟能拍多少帧，像素是多少。直至那对夫妇中有一个怕引来更多的审视而拒不开口，他的盘问走进了一条死胡同。那一刻，彼得将话题转向极其日常的方向，比如，你们今天几点起床的？

彼得知道自己很难相处。他的架势会让人们觉得，他们是在不动脑子地生活，从一个被接受的不确定性走向另外一个。他沉迷于研究事情的关键点，这令人恐惧，不过他把自己的缺点归因于关注真相。他倒不是反应迟钝，他觉得正好相反。任何人都不像他那般在乎事实。其余人似乎都满足于在生活中无意识地滑行，不明白星星为何是这副模样也觉得开心，乐意被即时满足和不值一提的五感所驱动。他希望索菲能像他一样，渴望抵达事物的核心。

他看着墙上嘀嗒走动的时钟。

"好，"他说，"来看时间的起源。"

二

五岁的索菲坐在家中图书室的地板上,从书架底层抽出一本书。巨大的房间宛如《美女与野兽》中的场景,像是城堡中的一个角落,被施过魔法,显得寂静无声,而且从地板到天花板的空间全部堆满了书。环绕在房间四周的金属履带上架着梯子,通向书架顶层。

索菲打开书页,翻到一张全页的黑白图片,里面是一只被金属棒刺穿的人类颅骨。那根铁棒从一侧颊骨下方刺入,从颅骨顶部穿出。索菲仔细观察其中的细节:没有嘴唇的嘴、长长的牙齿、回瞪她的空荡眼窝。图片的标题是"菲尼亚斯·盖奇"。索菲读到,一八四八年,一个名叫菲尼亚斯·盖奇的男子正在铁路上工作,因为一次爆炸事故,一根金属棍刺穿了他的脑袋。菲尼亚斯没有当场死亡,也没有痛到逐渐衰弱,遭受重创，萎缩到要依赖他人，然后死亡。相反，事故发生后，菲尼亚斯骑马去看医生，又存活了十一年之久。与其说这场事故对他的身体造成了创伤，不如说影响了他的个性。他开始亵渎神明，变得冲动、粗鲁，甚至残忍。

索菲思索着这个案例，在此期间优雅地超越了人们对她这个年纪的小孩会抱持的所有期望。阳光将她身旁的高大落地窗照成一片暖色。

"你在想什么？"妈妈伊莎贝尔在门口问道。

"我想我成功地控制了自己。"

索菲举起那本书。

"我看出来了。"伊莎贝尔说着朝索菲走来，她的步伐像舞者一般悠然，如此流畅，看起来像是无骨一般。等再长大一些，索菲学会了欣赏妈妈这种流畅的身姿，觉得那是一种特别的智慧，仿佛她的大脑充盈了她的整个身体，而不只是她双眼背后的空间。伊莎贝尔曾是美国国家航空航天局的顶级定量分析专家，三十岁过半有了孩子之后，选择离开职场，全身心投入家庭，照顾丈夫罗纳德和女儿索菲。夫妇俩试过孕育更多的孩子，曾求助于非外科手术和补充疗法，但均未取得收效，于是索菲就得到了他们全部的爱。

伊莎贝尔在索菲身旁坐下来，温柔地看着她。"你的孩子并非你的孩子。"伊莎贝尔的脑海中突然浮出怀孕时读到的哈

利勒·纪伯伦的这句诗:

> 你的孩子并非你的孩子。
> 他们是生命对于自身渴望而诞生的孩子。
> 他们凭借你而来,却并非自你而来,
> 他们与你同在,却不属于你。

伊莎贝尔是在这间图书室的长躺椅上读的这首诗。摆满书籍的墙壁有一面内弯形成一个凹处,那里摆放着一张红色灯芯绒材质的长躺椅和一张上面垂挂着铁质手柄的皮面古董书桌。那时的伊莎贝尔认为,当然得让女儿走她自己的路,犯她自己的错——独属于她自己,十分私人化的那种错,她可以为它们申请版权——并且为了她自己的幸福,去学习第一手的公式。"你的孩子并非你的孩子。"这句诗读起来简单,但那一刻,坐在索菲身旁,她觉得女儿就和自己曾经一个模样——皮肤白皙,发色鲜亮,内心燃烧着好奇的蓝色火焰,深刻且无害的善良之心,温柔到几乎令人心碎。索菲从来都没有办法撒谎。母女二人都对信息和数字感兴趣。当窗外的橡树摇摆着枝叶时,伊莎贝尔的大脑更多地会关注,该用何种方程式来描绘它们的弧度。

"你想出门吗?"伊莎贝尔问。

"不用，谢谢。"

索菲翻了一页书。身后的拱形窗扇框出了后院里的风景，牧场一般的草坪上点缀着粉红色的小花，类似黄春菊的十美分硬币大小的雏菊，以及野生的百里香。伊莎贝尔亲亲索菲的头，目光注视着窗外的天然运动场。

"晚些时候想出门吗？"伊莎贝尔问。

"不，谢谢。"

索菲甜美的声音温柔有礼，丝毫没有唐突之意。她又翻了一页。伊莎贝尔觉得，女儿沉迷于书本中的样子看上去如此舒适，如此平静，将她拉走会显得很残忍——尽管这是一个明亮的四月天，索菲已经在这间图书室逗留了数小时之久，从书架上挑书出来阅读，然后准确地放归原位。伊莎贝尔能强迫女儿变成她不想成为的模样吗？

索菲读完了，却没有翻页。她努力想要理解这样一个事实，大脑结构在发生生理变化之后，人的行为会变得多么不同。这个故事击碎了她的世界观，让她对意愿之事的感觉产生了裂痕，让她在自身以及他人身上感受到一种个体性的本质。她难道不是也拥有一种心灵特质，为她接触过的所有事物都赋予了一种索菲式的色彩吗？伊莎贝尔每天都会说到"心灵"这个词。"太阳有益于你的心灵。""你有一颗如此美好的心灵，索菲。"索菲盯着自己的两根大拇指，它们上下摩挲书页，拂过平整的文字边缘，想着此刻自己的动作有多少是受控的。与此同时，坐在旁边的伊莎贝尔看着索菲估量的动作，却无法看清她的内心世界。

第二天，在从幼儿园放学回家的校车上，索菲坐在前排——反常的是，在车上的众多座位中，前排是最容易被忽视的地方——看着窗外的风景，寻找家的方位。车子在满是坑洞的路面颠簸，停顿的时间长到夸张，但她没有和任何人讲话。事实上，她一整天都没有说过话。

妈妈。伊莎贝尔像往常一样，站在一片绿色橡树下的邮箱旁等待索菲。索菲的笑容比下午的阳光还要灿烂，她几乎等得不耐烦起来，校车终于停下，将她放了下去。她冲过街道，紧紧地搂着伊莎贝尔的髋部。冲击力让她完全忘了在学校所感受到的那种折磨人的孤独感。她们沿着车道往前走，直至家里的房子跃入眼帘。那是一座盖着白色木瓦的两层楼，窗户就像是闪耀的火花。

那天下午，索菲在图书室阅读关于大脑的书籍。伊莎贝尔采用杜威十进制分类法将家中两千本书进行分类——她生来偏爱数字。索菲在类目100的哲学与心理学区域来来回回，然后走到类目500的科学区域，筛选与大脑相关的篇章。索菲花了两周时间将它们全部读完，然后转身走向书桌上的笔记本电脑。索菲喜欢那台电脑，它闪耀着银色的光芒，像是用无数本图书压缩而成。放学过后，她一用就是数小时，为她的疑问搜寻答案。有时伊莎贝尔会进来，站在凹室旁边，观看女儿用手指敲击触控板，滚动屏幕阅读扫描的图书页面。在那些时候，她每次叫唤索菲的名字，从来都得不到回应。索菲完全沉陷其中，连伊莎贝尔离开都注意不到。

好几周的时间里，索菲完全沉迷在脑瘤领域，正是大脑受损的这些区域导致了可预见的个性改变。大脑中有一个名为梭状回的区域，位于脑袋后部，负责辨识人脸。如果那一区域受损，人就无法辨认包括家人在内的任何人。那将是一种可怕的状况，视力虽然维持在正常水平，但所有的人脸都无法辨别。额叶上的一个肿块，根据它生长的位置，可能会导致人们变成无耻之徒、恋童癖患者、赌徒，或者无法做出基本选择——比如决定早上该穿什么，使得人们无法出门工作。

索菲了解到，是她的大脑创造了她的世界。她并不是看见了眼前的东西，而是眼睛将不完整的图像送达大脑，然后大脑用有根据的猜测补全了其中的空白。当眼睛送达的是一团混乱时，大脑为其强加上结构。电影是这方面的主要案例。每部电影都是快速播放的成百上千个画面，大脑将它们融合在一起，变成运动的图景。读到似动现象后，索菲得到启发，告诉父母电视节目是幻觉。晚餐时，索菲就着一碗碗红色肉酱意大利细面,用外科手术一般的精准语言解释了似动现象。她还详细讲述了其他幻觉现象,比如空想性错视,即人类倾向于在混乱的地方寻找意义,比如于云朵中看见人脸图案。

人类的绝大多数行为都是自发的。习惯决定了人类每天所做出的40%的选择,那些习惯性动作都存储在大脑中。索菲读到的每一篇文字都是美味而刺激的精神甜食,让她极其兴奋。她感觉像是在学习一种新的语言,即世界交流时所采用的无声语言。她必须要做的就是集中注意力。"宇宙中充满了神奇的事物,它们在耐心地等待着我们的才智变得更敏锐。"妈妈过去经常引述作家伊登·菲尔波茨的这句话。现在,索菲明白了这句话的意思。大自然是陌生的,但也是可知的。索菲一直都想要理解这个世界,而答案似乎就在她的大脑之中。

三年后,伊莎贝尔在图书室的长躺椅上打开了索菲的第一份成绩单。她身旁书架上的图书编目是杜威十进制的398.2区,是童话书。伊莎贝尔的首饰盒中有一条吊坠项链,上面写着"我依然相信398.2区的童话故事",选用的字体都带着螺旋形的尾巴。在收到成绩单之前,她一直在浏览邮件,享受窗外灿烂的秋日风景。

她和罗纳德希望索菲能在自然环境中成长,因此定居在纽约州的卡托纳。她总是尽可能地带索菲去户外。在去年的科罗拉多家庭之旅中,他们徒步翻越了褐铃山,因为伊莎贝尔希望索菲见识一下比她平日所见更广阔的世界。那里的山峦高耸入云,上面长满了山杨树,让人心生敬畏。那广阔的世界有一种让人沉默的力量,能够重置人的视角,带领她走出自我本位的循环圈,拓展她关注的内容,帮她走出下顿饭、下个周末的问题,打破惯性的保护壳。褐铃山是如此宏伟,宛如大地的巨大肩胛骨。山杨树的叶子涂抹得像是屏保画面一般鲜艳,它们的根系连在一起,而共享同一片根系的都被视为一个单独的有机体,因此临近犹他州的那片山杨树是地球上最大的有机体。它们全都是相互关联的。

在维斯切斯特周边徒步时,伊莎贝尔会用相关话题来吸引索菲,指出她们都是由相同材质构成的,即能将物质转化为能量的细胞。伊莎贝尔希望索菲记住,她是大自然的一部分,希望她能相信,她的情感是传递更广大的宇宙秩序的信使,从她的直觉而来,传至她的欲望。

伊莎贝尔对直觉的顺从是彻底和无限的。她在所有的问题上都相信自己的直觉,甚至包括应该吃什么食物。哪些食物能让身体感觉舒适,她希望索菲能通过内在的自我意识,做出自己的判断。如果索菲晚餐想吃华夫饼,那伊莎贝尔就怂恿她去吃,还会拿出罐装的发泡鲜奶油,打着旋地喷在上面,堆得高高的。她鼓励索菲品尝刚出炉的热乎乎的巧克力曲奇饼,特别是其中巧克力融化后形成的那些又甜又苦的碎片,她制作大巧克力块时总会留下那样的碎片。索菲成长在这样的理想环境中,对甜食的爱好十分健康,也不存在食物焦虑,不像学校的其他女孩,早早就宣布要节食。伊莎贝尔希望索菲能把食物当成自身的延展去热爱,希望她能明白,甜点、蛋黄和沙拉中的油炸面包丁在本质上都是健康的。

那天下午,伊莎贝尔穿着一条齐踝长裙,芭蕾舞风格的包裹式上衣在肋骨位置绽出一个蝴蝶结。一头鬈发在脑侧松松地编成一根长辫。她做好准备,打开索菲的成绩单。索菲第一学期的成绩是第三等级,有字母评级和文字评语。成绩单右上角盖有卡尔顿乡村走读学校的饰章,图案的复杂程度配得上三万美元的学费。卡尔顿的录取率为15%,吸引的都是伊莎贝尔见过的最具竞争力的全职妈妈。在她的想象中,那些妈妈包办了孩子所有的家庭作业,还与丈夫协商,尽早为孩子争取常春藤联盟的席位。她还认识一些女人,将怀孕时间算得清清楚楚,精准地赶在八月十五日前生产,因为那是卡尔顿每年的入学申请截止时间。

伊莎贝尔浏览完得A的栏目,翻到用订书钉钉在后面的教师评论页。第一页是索菲的数学老师撰写的。

……能教她是我的荣幸……

……如我前面所说,她是一个天才……

……尤其懂礼貌……

如果能多听听她的声音,我们所有人都能获益……

伊莎贝尔翻过这一页。后面的评论来自索菲的其他老师——英语、科学和历史——内容也都一样夸张。每个人都对索菲进行了特别表扬。

伊莎贝尔将信封放在胸口。她当然希望索菲聪明。自打索菲出生以来,她每晚都给她念书,挑选的文字都旨在活跃她的思维,为她提供构建自己思想的工具,用爱与探险的故事激励她的心灵。伊莎贝尔会陪索菲一起坐在她的床上,头顶的天窗像一张邮票,外面的星图不停变化,她读的童话书都是从床头柜上抽出来的。索菲还只有一岁的时候,就能逐字重述昨天听到的童话。她能一字不漏地从《美女与野兽》的开头讲到结尾:"很久以前,在一个遥远的国度,有一个商人,他所有的事业都非常成功,生活非常富裕……于是她便照做了。婚礼于次日举行,华丽空前,美女和王子从此幸福地生活在了一起。"第二天晚上,索菲又重述了前一天晚上听过的故事。之后的晚上也是如此。

三岁时,索菲就能阅读多种语言的书籍。她自学了所有关于人脑的知识,并经由这扇门,对身体的其余部分也产生了兴趣。去年，索菲七岁的时候，在自家举办的一次晚宴上，她和一位眼科医生讲起了"眼睛植牙"手术，内容包括拔掉一颗牙齿，在其中插入一片塑料透镜，然后将整颗牙齿植入病患的脸颊，它将在那里长出新的血管。之所以选择牙齿作为透镜的容器，是因为它相对而言比较容易摘除，而且不会被自体排斥。之后，透镜会被插入眼球，用以恢复病人的视力。索菲问那位眼科医生是否做过这种手术，对方说不曾做过，并感到极度震惊，几乎不敢相信，一个孩子竟然这么熟悉一项如此复杂的手术流程，说起那些解剖学术语，简直像在嚼粉色泡泡糖一样轻松。

"她是怎么知道这些的？"他问伊莎贝尔。

"看书。"伊莎贝尔说的是真话。

索菲的老师们早就建议她跳级，那样就能接受高年级学习内容的挑战。从索菲心算十二位数字的平方值的那天起，直至一年级结束，老师们一直在好言相劝。伊莎贝尔和罗纳德却拒绝了，他们并不那么关注索菲的智商，不希望把她推到人脑运算的最高水平。取而代之的是，他们有自己的价值标准，自己准备了课程在家里教育索菲。

那天下午，伊莎贝尔站在家中车道的顶部等待索菲。亮橙色的橡树像是停留在爆炸巅峰时刻的烟花，山羊绒长裙拍打着她的脚踝。校车驶入眼帘,刹车停在与她家的邮箱并排的位置,发出突突的响声。索菲走下车,蹦蹦跳跳地穿过街道,脸上挂着笑容,法式麻花辫四处飘摆。她张开双臂,高兴地将伊莎贝尔紧紧抱住。

母女二人走上车道,看上去就像同一个人,只不过隔了三十年的岁月。伊莎贝尔问起索菲在学校的情况,今天有没有和任何人说过话?索菲将头埋在伊莎贝尔的腰侧,回避这个问题。索菲当然不喜欢焦点落在自己身上——这样一来,要讨论她的成绩单就很困难。

"我只想确保,你没把上学太当回事。"

"我没有,妈妈。"

伊莎贝尔会意地看了女儿一眼。

"我只是在尝试,"索菲说,"大部分人都没有尝试。"

"我知道。"

"我应该尝试,对吗?"索菲问。

伊莎贝尔点点头。

"学校只训练你的大脑,而大脑只占你非常小的一部分。"伊莎贝尔紧紧捏住身前半英寸处的空气,"你所拥有的远远不止大脑。你还有心和灵魂,索菲。我们得在滋养你的大脑的同时,也滋养你的全副身心。"两人沿着车道绕行。她们的房子就在眼前。"我只是希望,你能和喜欢的人交朋友,尽情玩乐,到户外活动。人生最美好的部分源于与他人的联系。"

铺砌的车道变成了砾石路。

天才,成绩单上提到了这个词。伊莎贝尔认为,麻烦在于强化。针对高智商人士的耀眼奖项、赞美和其他奖励,都有可能让人得意忘形,从而将天才与其他人群剥离开来。伊莎贝尔在高中时代,在耶鲁,在航空航天局,都见过这种案例。解决问题的天赋让他们受到关注,而对一些人来说,那种感觉类似于爱。于是他们就全身心投入到职业之中,变得越来越孤独,面对的职业挑战也越来越大,直至——在职业突破的背面——没有人在家里等待他们归来。他们将热情投入工作,希望能获得相应的回馈,但永远都不可能如愿。

"我能做到更好。"索菲说。

"我希望你做得差一点!"伊莎贝尔笑着说。

"对不起,妈妈。"

"亲爱的。"伊莎贝尔在索菲面前弯下腰来,身后是郊区的旷野风景。

"我爱你。"索菲说。

她眼中渗出的神采证明她说的是实话。索菲有满腔的爱。在草坪冒险时,她会把刮了皮的胡萝卜放在刺柏丛下,给小兔子吃。看到美国防止虐待动物协会的广告,她会掉眼泪。她现在仍然会当着众人的面拥抱伊莎贝尔。但伊莎贝尔确信,付出爱只是在通往幸福的路上走了一半，另外的一半需要你接受爱。索菲可以把爱投入到书籍和思考上，但那些永远无法回应她的爱。那样的话，索菲拥有的将只剩下孤独的顿悟和深刻的洞见，就算有人能理解，也只是极少数。

"我最爱你。我只希望你快乐。"她亲吻着索菲的指关节，"所以你首先要同他人讲话。"

那天下午，索菲在家里草坪与树林的交汇地带漫步。她将树枝扔进树林，直至暮色将他们的窗户染成黄色。她知道妈妈希望她做些什么。伊莎贝尔喜欢她和其他的孩子一起玩耍，带着外卖的比萨饼去溜冰场开生日派对，更多地到户外集体徒步。但是和他人交往太过困难，其余的所有人都那么随便。她想要更多，她的内心如此喧嚣。她的世界越小，她就越觉得快乐，阅读是她感觉最安全的时刻。

另外，世界也极度渴望被她理解。

索菲认为她直到这周才走上正轨——我们的大脑构建我们的世界——她在图书室里挑了一本新书。是一本红色封皮的书，很薄，放在高层，却为书架增添了一抹亮色。里面的每一幅亮光纸恐龙图片都占据着整整两页篇幅。索菲仔细研究画中长有羽毛的小盗龙，它们的体重有四磅重，根本不会飞。下一幅插图描绘的是四万吨重的华丽雷龙，站在被风吹出波纹的沙丘上。背景是一片橙色的沙漠，正值日落时分，注释是"那时候，一天有二十三小时"。索菲顿在那里，目光落在最后那个句号上面。她以前从不知道，一天还有可能不是二十四小时。

她走到笔记本电脑面前，用谷歌搜索，通过蓝色链接进入《科学美国人》杂志官网，在那里她了解到，地球的旋转速度并不总是相同，而是在慢慢减速。一天的长度即地球自转一周所需的时间，每一百年增加三毫秒。索菲靠在椅背上，思考时间的问题，却完全没注意到时间正在悄无声息地流逝，一秒一秒地将上午变成了下午。她俯身向前，打开谷歌页面，直至看见下一条令她惊讶的事实：在十九世纪之前，美国的每个城镇都有自己的时区。这并不是一个问题，后来铁路将不同地区的人们连接起来，国家在一八八三年采用了标准时区。索菲看一眼笔记本电脑上的时间，上午11：23，看上去十分稳定，但那些数字却根本就不稳定。时间不是绝对的。

索菲又拿起一根树枝扔进阴暗的树林。季节已是深秋，闻不到草叶、长满青苔的树皮以及被她的运动鞋踩碎的枯叶的气息。家里厨房的窗口亮起了灯，仿佛最后一片树叶已经移进室内。伊莎贝尔正脚步轻盈地从橱柜中取出一沓三个餐盘。如果今晚继续读书，妈妈会难过吗？她已经在户外活动过了。此外，她现在有一种直觉，从前她认为是大脑创造了世界，但现在她认为空间和时间才是宇宙的主控因素。

厨房里温暖舒适,伊莎贝尔从烤箱中取出一只脆皮酸面包,放在餐桌上。罗纳德很快就会回来。她看见索菲在五十码①外的地方,仍在清理树枝。她沿着同样的路径来来回回已经超过一小时,如此重复的过程中,她一定在沉思。看上去并不好玩,院子里太过昏暗,索菲太过孤单。或许伊莎贝尔这个下午过于苛刻了,或许她不该这样频繁地强迫索菲到户外活动。毕竟,不管她在哪儿,她总是沉浸在自己的世界里。

伊莎贝尔坐在餐桌的一头,罗纳德和索菲之间,观看女儿将一块鸡胸肉切成一个个小方块。烛台底部堆积了厚厚一层蜡。罗纳德叉起一团南瓜千层面,将马苏里拉奶酪牵出的丝拉得细细的,才吃进嘴里。索菲在描述她看过的最新的一本书,是阿尔伯特·爱因斯坦的传记。她解释说,爱因斯坦是在瑞士处理火车站协调时钟专利权时,提出了著名的相对论。

"当时的人们想让时钟指示的时间互相匹配。"索菲说。

"你什么时候读到这些的?"伊莎贝尔问道。

"午餐时。"

罗纳德咽了一口食物。

"都是在午餐时读的?"伊莎贝尔问道。

---

① 码(Yard),英制长度单位,1 码约等于 0.9144 米。

索菲点点头。

伊莎贝尔和丈夫对视几眼。

"中午我们在户外吃的烤肉。"

伊莎贝尔想象着,索菲独自一人在卡尔顿足球场边的一张野餐桌上阅读那本三英寸厚的爱因斯坦传记的情景,她记得家里图书室的那个版本。索菲继续切她的迷迭香柠檬烤鸡。每一个切块的尺寸都一模一样,边缘笔直,一口大小。

"你知道有一颗钻石材质的行星吗?"索菲问道。

伊莎贝尔脸色温柔。

"什么行星呢,亲爱的?"

"在四千光年之外。"

索菲又切出一个方块。

"只比木星大一点儿,密度却是木星的二十倍。"

拖延索菲真的是正确的选择吗?她的女儿热爱思考。伊莎贝尔想象着索菲坐在一座体育馆里,参加大学入学前的学业能力倾向测验的画面,周围都是个头比她大一倍的高三学生,她希望索菲每走到一个新的人生阶段,都不要出格。

索菲将刀叉摆成四点钟的方位。

"到你房间见?"伊莎贝尔问道。

索菲站起身。

"你知道谁最棒吗?"她问。伊莎贝尔笑了,她知道那是女儿结束晚餐的惯例。索菲出声地亲了妈妈的脸颊三次,然后走到爸爸身边,搂住他的脖子,也亲吻了他。

"是你!"罗纳德说。

"不,是你,"索菲转向伊莎贝尔,"还有你。"

索菲将餐盘清理干净放进洗碗机,然后蹦跳着上了楼。伊莎贝尔和罗纳德吃完最后几口,开始整理厨房,把清理工作一分为二来完成。结束后,罗纳德站在伊莎贝尔身后,按摩她肩膀与脖子中间的倾斜部位。

"爱你。"他说。

她转过身,两人接吻。

"爱你。"

上楼时,罗纳德一只手搂着伊莎贝尔的肩膀。他比伊莎贝尔矮一英寸,稍稍有些谢顶,在所有人眼中都是一个可靠的、四平八稳的人。从威廉姆斯学院毕业后,他就一直在辉瑞公司工作。去年参加第二十次大学校友聚会时,他大部分时间都在和伊莎贝尔讲话。为了避开交通堵塞,他们没参加"自助晚餐、跳舞和惊喜"活动,在威廉姆斯镇买了些切片奶酪就回了家。他爱伊莎贝尔清晰的头脑,以及她深刻的灵魂,他觉得她有趣。在他看来,他们的婚姻以及神奇的女儿是他一生最值得骄傲的成就。两人上楼后一个向左一个向右。

咚咚。

"进来！"

索菲已经上了床，正在微笑。伊莎贝尔在她旁边坐下，背后的黄色长毛绒床头板上装饰有布扣。床头柜上几本书的书脊处贴有卡尔顿图书馆的贴纸。伊莎贝尔扫了一眼书名，几乎全部都与时间旅行有关，除了一本爱因斯坦的传记，以及一本《达利自传》——那位因为描绘融化的时钟而闻名于世的超现实主义画家的传记。索菲伸手够到伊莎贝尔这一头的落地灯拉绳，关灯后房间里一片黑暗。天窗框出的画面中，一片星星闪耀着光芒，伊莎贝尔在这小小的空间中见到了最美的星空。她曾作为特邀嘉宾去过欧洲的一些天文台，那些天文台位于高纬度地区，配备有昂贵的望远镜。

伊莎贝尔花了几年时间，在这里教索菲认识头顶的星座。就在昨天，她还指着夜空，解释星星有红色、白色、蓝色等各种颜色，呈现什么颜色具体取决于它们的温度。红色是最冷的颜色，白色相对较暖，而蓝色最热，超过一万两千开氏度[①]。最后她还根据记忆，引用了奥斯卡·王尔德的名言："除了感官，什么也不能治灵魂的创痛，正如感官的饥渴也只有灵魂解除得了。"她认为这句话非常美，敦促着人们相信自己，相信身体智慧的价值。我们就像恒星一般自然。今晚，她像往常一样，

---

① 开氏度（Kelvin），又称开尔文温标，简称开氏温标，是国际单位制七个基本物理量之一，单位为开尔文，简称开（符号为K），0K 等于零下 273.15 摄氏度。

根据白天发生的事来挑选课程内容。她在记忆深处寻找关于联系的话题。

"你知道什么是超对称性吗？"伊莎贝尔问道。

索菲摇摇头。

"这个理论认为，每一个粒子都有一个超对称伙伴，"伊莎贝尔说，"如你所知，粒子是宇宙的最小单位。超对称理论认为，每一个粒子都有自己的'超对称伙伴'，虽然叫这个名称，却从未被人观测到。"她抚摸着索菲温热的头，"还有许多东西我们不理解。关于万物如何运转，我们最明确的理论断言，粒子没有质量。"她停顿片刻作为强调，"但这显然不是真的。你看看四周，每样事物都有质量。你，我。在一些重要的方程式中添上超伴子，得到的结果就与实际所见相匹配……"

索菲慢慢停止了动作。

"我一直很喜欢那个理论。每个粒子都有一个伙伴。这听起来神秘又奇异，或者说某人……"伊莎贝尔想起罗纳德的双手搭在她肩头的重量。她听到索菲睡着了，发出沉重的呼吸声，于是安静下来。索菲的头发盘绕在脑袋周围，宛如围绕在星系中心周围的旋臂。她希望索菲能感受到，他们对她的爱是多么彻底，哪怕没有人说出口。她亲吻了索菲的额头，然后退了出去。

三

杰克停在玻璃门前的大厅中，有个流浪汉正用针头扎自己的前臂。他在看门人的视线之外，为了找准血管，注射器针头扎入又拔出。流浪汉的工装裤鼓鼓囊囊的，风掀起他的长袖衫，露出胸膛，只见肋骨如 X 光照片一般根根分明。他的发色和杰克的一样深，杰克认出那是他的爸爸。

准确来说，是另一个版本的爸爸。但不会错。

更瘦，长了皱纹，失意潦倒的样子。

但依然是爸爸。

杰克定在那里不动，他穿的是亮棕色乐福鞋，一件两扣短上衣，系一条有红条纹的深蓝色领带，这是他八年级开学第一天的制服。背包上挂的钥匙链——一块不锈钢名牌，印着"三一"字样，是他学校的名称——晃动的幅度越来越小，直至完全静止。他有五年没见过爸爸汤姆·克里斯托弗了，但此刻他们之间的距离近得足以对话。在他的身后，身穿巴伯尔风衣和牛津衬衫的成年人正迈着快步走向工作场所，遵循着一条不成文的规则，即无视纽约街头的流浪汉。爸爸拔出针头，走出了视线。

杰克震惊得无法动弹。他的心几乎跳到嗓子眼了。

"你还好吗？"看门人卢卡斯问道。

杰克上一次看见爸爸是在他们位于哈莱姆区的旧公寓，当时他正要出门过周末，就和每个发薪日一样。杰克把那个场景回忆了无数次——感受那段微弱的记忆，寻找其中所有的细节——到最后，他已无法确定当时具体的情况。爸爸宽阔的后背在门框里逐渐远去的画面，他回想过太多次，已无法再相信。

自那以后，杰克的妈妈贾尼丝再次结婚，这一次嫁给了乔治·赫肖三世。乔治身上的一些东西总是让人感觉不对劲，杰克一直没办法把他当成"爸爸"。他年纪大很多。贾尼丝的表现也看不出爱他。每次三人在翠贝卡街附近漫步，从爱马仕店走到古驰店，乔治说那是在"犒赏"妈妈，他会凑过去亲吻妈妈，但妈妈总是只将脸颊迎上去。乔治要牵妈妈的手，妈妈有时却将自己的两只手握在一起。乔治在时，妈妈只点不含调料的羽衣甘蓝沙拉，等他出差时，妈妈就和杰克分一大块比萨饼和一大串大蒜。

妈妈很美，头发柔软光亮，眉毛浓密，肤色是自然的棕褐色，乔治似乎最爱妈妈的美貌。他所有的昵称都源于她的外貌，比如多莉、杜碧丝、卡拉梅尔[①]。她之前一直都很瘦，开始和乔治约会后，她的身材却发生了变化。她的二头肌变圆了，大腿结实起来，还练出了块块分明的腹肌。

她与乔治的恋爱进行得快速又浮华，最后于去年夏天在蒙托克镇举办了婚礼，乔治支付了从仪式到烟火的所有开销。三十二岁的贾尼丝选择五十二岁且没有子女的乔治成为自己的合法丈夫。那晚杰克没吃太多东西。他甚至没有品尝婚礼蛋糕——那是一个四层的大蛋糕，每层又由柠檬海绵蛋糕、树莓海绵蛋糕和红丝绒蛋糕三层叠加而成。妈妈想和杰克跳舞，杰克也尽了力，但乔治从亚特兰大找来的乐队太过吵闹，格尼蒙托克度假村的帐篷挤满了陌生人，乔治抚摸贾尼丝的方式让杰克反胃。一双毛发浓密的大手在白色婚纱上到处摸来摸去，这感觉实在是不对。

"杰克，你还好吗？"卢卡斯推了他一下。

"没事。回见，卢卡斯。"

人行道上都是人。

[①] 三个词的实际意思分别为：洋娃娃、酒窝、焦糖。

那个注射器针头被丢在路边。

但妈妈的确爱过爸爸。他们从小一起在长岛的一个天主教小镇长大,五年级开始秘密约会。两人十九岁时,妈妈生下了他,这个不得人心的选择引发的效果堪比地震。两人没去念大学,妈妈当时已经怀孕七个月,他们离开校园,去纽约谋生,没有得到任何人的祝福。他们对杰克的解释是,两人认为彼此比其余所有人都更重要。"当你找到你的家人,那就是最重要的事。"爸爸曾满怀爱意地看着妈妈说道。

他们的第一套公寓贴满了在便利店打印的照片:在市政厅那间四米乘四米大小的礼堂举办婚礼时的照片,每一张都是一个从不同角度拍摄的接吻画面,他们脸贴脸的喜悦比照片的亮光纸材质还明亮;接着是穿越缅因州公路之旅的照片,两人站在岩石海岸线旁的灯塔下接吻,还是婴儿的杰克被妈妈用带子挂在胸前;接着是一家三口在大都会棒球比赛现场,一边吃着涂抹有红黄两色酱汁的热狗,一边欢呼的照片。他们位于哈莱姆区的家就像一个神殿,虽然没有任何奢侈品,却充满了爱。

爸爸的第一份工作是在一家运动商店做销售,向酷爱旅游的人推销徒步用品。妈妈在上东区一家意大利餐厅做服务生。他们过得很快乐。爸爸每晚回家,妈妈的脸上都洋溢着幸福的神采。他们喜欢亲吻彼此身上还没亲过的地方,所以爸爸总会好笑地亲吻妈妈身上意想不到的地方,比如下巴的下面、耳朵的后面，妈妈的回应则是亲吻他的手腕或喉结。

　　经济衰退后，他们毫无防备地丢了工作。家里的礼物变成了生活必需品，生日礼物变成了洗发水和护发露。快乐让位给了现实困境。妈妈和爸爸开始斗嘴，家里的气氛慢慢地越来越紧张，犹如即将沸腾的水，内容绝大多数时候都围绕着"求助"展开。妈妈先在峡谷橡树俱乐部找到工作，负责接待那里身穿白色网球衫的优雅会员。光是那份工挣的钱还不够。他们搬去了一个更小的公寓，但留下了所有的照片，哪怕相框都挤在厨房台板上，塞在浴室水槽背后起雾的玻璃架上。

　　妈妈又在干洗店找了第二份工。与此同时，爸爸却不肯做比之前报酬低的工作。他申请了家得宝家居连锁店业务拓展部副部长的职位，结果却遭到拒绝，因为那份工需要大学学位，妈妈大吼着说出了实情。杰克意识到，一个人在流泪的时候，也能清晰地说出那般伤人的话语。那晚，妈妈打碎了三个相框，把它们狠狠地砸在了地上。爸爸坐在倾斜的沙发上，看着一地玻璃碎片，平静地答应会做出改变。

　　他接受了一份建筑工地的工作，每周有四晚要在曼哈顿一座墓地里轮班。不用上班的晚上，他开始和同班的"男孩们"外出喝酒。几个月后，爸爸会在外面逗留到深夜，有时直到杰克出门上学才回来。父子二人在楼道擦身而过，墙壁上的灰漆涂料都已斑驳脱落。拿到薪水后的第二天，爸爸开始消失，然后是整个周末都不见踪影，再往后一走就是五年。

直至今日。

这天放学后，杰克没有一路坐回翠贝卡街的家门口，而是提前几站在十四街下地铁。雨雾沾湿了他的脸。每吸一口气都像是在轻咬融化的云烟。他沿着深色的人行道走进一家面包房，买了一片胡萝卜蛋糕。其余的品种，比如带黑色全麦饼酥皮的奶酪蛋糕、撒有糖粉的奶油甜甜圈、奶油泡芙，都已被抢购一空，只有胡萝卜蛋糕需要人们的爱心。他从钱包里掏出乔治的大通银行蓝宝石信用卡，麻木地刷卡结账。

杰克坐在狭窄的吧台旁用塑料叉吃他的面包片，吧台上排着一列充电插座。他在手机上阅读《纽约时报》上的一篇文章，讲的是美国的阿片类药物危机，还研究了成瘾中心网站上列出的许多毒品的俚语名称，比如苹果杰克、黑梨、垃圾，光看名字根本不知道是什么东西。杰克从没磕过药。他待在一个没人能看见的角落，直到窗外天空变成青紫色，他感到不得不离开。妈妈会担心的。

步行回家途中，他在人行道上坐着的每一个人身上寻找和他一样的眼睛、头发、基因组成的人。空气中有雨的气息，他感到嘴唇冰冷。星巴克门前有一张用纸板摊平做成的床，主人不在，给人以不祥的感觉。乔治不喜欢星巴克。他拒绝在里面买咖啡,说那不是咖啡馆,只是一个连锁的公共厕所。离家越近,脉搏就跳得越剧烈,但路过的人里没有一个熟悉的面孔。当他后退几步穿过门厅的玻璃门时,那里没有针头,他意识到爸爸已经走了。反正爸爸不可能知道他们住在哪里。

"晚上好,杰克。"夜班门卫埃德招呼道。

"先生。"

进入电梯。

上到九楼。

杰克转动钥匙,透过长长的门厅能看见明亮的厨房,妈妈坐在一张凳子上,双臂交叉抱在胸前。

"爱你。"乔治说。

"谢谢。"贾尼丝冷冰冰地说。

"说你爱我。"

"我爱你。"她的声音毫无起伏。

"看着我说。"

"有人在家吗?"杰克打招呼宣告自己到家。妈妈与乔治的不和并没有让他感到惊讶。乔治说妈妈是在"闹脾气",不管妈妈对他的担忧是多么合理,他都说是不理智的情绪波动。

妈妈站起身。她穿着黑色的瑜伽裤袜,紧身运动衫凸显出她腰部的线条。她的头发梳成高马尾,像一条光滑、闪亮的直线,垂落至背部中央。杰克将打湿的背包放在走廊上,雨衣挂在衣帽架上,那衣帽架现在就像是一棵树的枝干,巴伯尔风衣、盟可睐运动服和巴塔哥尼亚抓绒衫就是上面的叶片。他一只脚接一只脚地脱掉新百伦运动鞋,横穿白色的粗毛地毯走进厨房。乔治正靠在台板上,就着袋子吃一美分硬币大小的不含麸质的巧克力曲奇饼,他的小肚子把白蓝条纹的马球衫撑得滚圆。

"你去哪儿了?"妈妈问。

"转了一圈。"杰克回答道。

她看上去很关心。

"追着尾巴转圈?"乔治问。

"乔治,拜托别这么说话。"

妈妈脸红了,乔治却肆无忌惮地笑着。

"你喝茶吗?"她问。

杰克点点头。他肚子很撑,什么东西都吃不下,但他很少拒绝她。妈妈起身后,他重重地坐在那张凳子上,看着她在水池边忙碌,往一只樱桃红的酷彩牌水壶中接水。她将水壶放在灶台上,点燃蓝色火焰。他们刚搬进这套公寓时,乔治全权委托妈妈,凡是她不喜欢的地方都可以重装,但没有任何地方需要升级改造。这套现代化的三卧公寓位于翠贝卡街的中央地带,落地窗外就是哈得孙河,就和他们的婚礼一样,只缺乏一件无形的东西。乔治又抓起一把饼干塞进嘴里。

"我累了。"他说完便离开了厨房。

房间里只剩下母子俩,贾尼丝用一只蝴蝶形的塑料夹将饼干袋封好,放回灶台上的橱柜里,每走一步都凸显出她股四头肌的线条。

"说说你究竟去了哪儿?"她轻声问。

"我看见爸爸了。"

她呆住了。

"就在外面,今天早上,他在给自己注射毒品。"杰克模仿着父亲往前臂捅针的动作,"我们这栋楼旁边。"

她用两只手抓住水池。

"我们没说话,"杰克说,"他走了。"

"去哪儿?"

"我不知道。"

妈妈俯下身,在枝形吊灯的照射下,她的脸看上去疲惫不堪,双眼下方的眼袋就像是第二条眼线。凑近看去,她的痛苦比面具更明显。

"对不起。"他说。

"不是你的错。"

茶壶的嘶鸣声把贾尼丝吓了一跳,她将水倒进两只杯子,很快就有热气蒸腾。她将两只甘菊茶包放进去,然后在他身边坐下来。两个人谁也没有说话。杰克够到妈妈的手,他的手指缠绕着她的,希望也能握住她的痛苦。

杰克进入高中的时候,乔治失去了共有基金的工作。他没说要找新工作,似乎不想立刻重新开始如此辛苦的工作。取而代之的是,他怀抱着一些其他的念头,比如将存款投入网球相关的公司,筹款开办一家董事会设在夏威夷的新的冲浪板设计公司,或者搬去阿根廷享受退休生活。如果乔治搬走,那他们当然也要跟着走。乔治是他们的家长和主人。如果他要搬去安第斯山脉经营农场,那他们三人的生活都将被连根拔起。他们住在翠贝卡街的一套宽敞公寓里,里面摆满了现代艺术作品,这些突然之间都失去了意义。杰克惊恐地感觉到,他的生活都取决于这个靠不住的男人。

杰克有自己的兼职,帮富家子弟辅导家庭作业。他足够迷人,从那些妈妈身上挣了许多现金小费,而且每一分钱都存了下来。虽然有了新工作,但花费一直不高。他早就停止打车,购买食物都是在便利店的冷藏区,那里的酸奶每盒比杜安瑞蒂便宜二十美分。他原本成绩就很好,现在更是变成了班级最佳。他想进莱昂内尔·帕丁顿在华尔街的公司工作,那里的薪水最高,而且只雇用常春藤联盟4.0绩点的学生。他集中精力想进耶鲁,觉得耶鲁不像哈佛那么高傲。他阅读学业能力测验参考书的样子,仿佛那些都是指引他走出监狱的地图。

高三那年的秋天,杰克打开家门,发现走廊上堆满了行李箱。黑色途明包像爆米花盒一样塞得满满当当,边角的拉链都拉不上,里面都是妈妈的羊绒衫。地上的三只纸袋里装满了妈妈的鞋子,第四只上面放着一件耶鲁大学的运动衫,是他们上周参加大学之旅时买的。

杰克刚从埃森餐厅回来,那是一家针对办公室人群的实惠餐厅,一周里有几顿晚餐杰克会在那里解决。他喜欢那里的定价——用泡沫聚苯乙烯餐盒装得满满当当的一大份蔬菜和全熟水煮蛋还不到十美元——而且可以在那里不受干扰地学习。他吃完饭就在餐厅楼上独自学习,那里摆放的都是些小巧整洁的餐桌和不锈钢座椅。周围都是些穿商务便装的上班族,快速解决餐食的那类,与他的目标完美呼应。唯一的缺点是,楼上没有窗户,让他感受不到时间的流逝。现在是周五晚上十点钟,比他预计的回家时间要晚。

"你去那里是因为你想寻找某样东西!"

乔治的声音因为吼叫而听起来有些扭曲。

杰克僵在那里,身上仍穿着卡其裤,系着校服领带。

"别……怪……我。"妈妈说。

她吐出的字与字之间的空隙是湿的。

"没一个男人是干净的!他妈的,一个都没有。"

杰克走得很慢。他经过厨房,里面有一张凳子翻倒在地。他等在他们的房门口,胃里一阵恶心。

"你真令人恶心。"妈妈厉声说。

"你想抓我。"

杰克想象着发生了什么事。这时门突然打开,露出了妈妈的红眼睛。她将杰克拉过去抱在怀里,杰克吓呆了,一时没反应过来。她的眼泪落在他的牛津布衬衫上。乔治穿着一件乡村俱乐部风格的马球衫,出的汗比平时多。

"你他妈的看什么看?"乔治吼道。

妈妈转过身去。

"我们要走了。"她宣布。

"你们会回来的。"

妈妈领着杰克走进他自己的房间。

"你能收拾行李吗?"她强忍着眼泪说。

"发生什么事了?"

妈妈关上门,坐在他的床上,用两只手腕撑着额头。

"我没想到我会这么伤神。没想到事情会这么糟糕。"她慢慢地摇头,心里显然在一幕幕地回顾发生的事情,"这个地方不适合你……"她目光呆滞地看着杰克,"我真的很抱歉。"

"妈妈,没事的。"

"他的电话……如此多。"

她蒙住自己的眼睛。

"我真的很抱歉。"她说。

他们拥抱在一起。

"我帮你收拾行李。"

"我们去哪儿?"他问。

妈妈这样的状态无法提供帮助。他自己从床下拖出途明旅行箱,开始将行李往里塞,包括米黄色和深蓝色的卡其裤、一件夹克、一堆叠放在一起有一英尺高的运动衬衫、跑步短裤、平角裤、几双脚踝处有钩形符号的运动短袜。他不知该带什么,只能忙碌地乱装。

"一家酒店。今晚我订了一间房。"她摇摇头,"我只是一直在想,等他把她们中的一个带回来时,你也在这里,那该怎么办?我真的很抱歉。"她捂住眼睛,"我重新出去工作。我还有存款,我一直留着一个独立账户。"

"我也是。"

杰克早已将做家教挣的钱投入了他所能找到的最可靠的公司。他不拿有风险的新技术公司打赌,只相信策略行之有效的公司。时间的力量——最大乘数——将带来最大收益。他所必须做的,就是等待金额增长。到目前为止,他的收益总额为一万九千零十二美元。

"我们会没事的。"她说。

"我知道。"

"我们会没事的。"

一周后,他们搬去了哈莱姆区。新公寓在旧居往南十个街区外,面积一样大,也是七百平方英尺①。前任租客留下了沙发,母子二人各有一间狭窄的卧室。他们共用一间浴室,但情况已经远超杰克预期。毕竟,妈妈和乔治签过一份无懈可击的婚前协议。自离开后,他们就无法继续使用乔治的任何一张信用卡。妈妈在等待乡村俱乐部的面试回信时,杰克从存款中取出一万七千零二十一美元补贴家用。

搬家后的第一顿晚餐,他们在家里吃,是妈妈从肯德基买回来的。就着冷掉的食物,他们谈起了未来。他们在这里更加欢乐。耶鲁大学的提前申请还要等待一年。其间,他们分享一份青豆配菜,妈妈刚刚好吃掉了她的那一半,再加半份通心粉和奶酪,都是从五美元管饱菜单上选的菜色,里面拌有炸鸡块,看上去就像肉酱意大利面里的油炸面包丁。她笑得很勉强。一万七千零二十一美元。

回家的路上,杰克用十二美元买来的老海军牌围巾捂着鼻

---

① 平方英尺(Square Foot),英制面积单位,1平方英尺约等于929.0304平方厘米。

子和嘴巴,将十美元买来的无檐小便帽拉下来盖住眉毛,只留眼睛在冷空气中。一场小雪让夜晚的空气变得湿漉漉的,雪花在哈莱姆区昏黄的路灯光芒中微微闪光。他想着妈妈会准备什么食物做晚餐。每周一他们都一起吃饭,这是工作日她唯一能先到家的一天。她做的炒鸡是他的最爱,紧随其后的是红辣椒。食物和未来是他的两大心灵创口贴,在痛苦时刻疗效出色。

离开乔治后,杰克的高三生活变成了许多日常活动的集合。他每天早上都会锻炼,晚上早早睡觉,每周做足二十小时的家教。妈妈回到峡谷橡树做服务员,还在上东区的蒸汽水疗馆提供蜡油除毛服务。他们享受生活中的小小奢侈时刻,比如去电影院看电影、在中央公园的拖车上买香草爆米花、每周一的家常晚餐。妈妈戒了酒,不过她本来喝得也不多,杰克猜部分原因是想节省开支,还有部分原因是想在家里营造出全新的氛围。虽然没有明说,但母子二人的努力都为着同一个目标,那便是让杰克走上正轨,两人都在郑重地贡献力量。杰克的房间里没有任何装饰,只在墙上贴有耶鲁大学的课程表。他的证券投资组合金额增长到了两万一千零三十一美元。

现在是十二月中旬,杰克正在等待耶鲁大学回复他的提前申请。他们从没提起过乔治,但杰克推断出了事态的进展:他和妈妈已正式离婚。乔治会支付杰克在三一中学剩余的学费,仅此而已。他无意跟进他们的生活。

在距离新家一个街区远的地方,杰克看见自家公寓楼的门半敞着。雪花飘洒进去,把门口染得一片洁白,湿漉漉的。他咬紧下巴。他讨厌这种不安全的状态。那是他们自己的家。他愤怒地关上门,一次两级地跳上楼梯,结果却发现他们套间的门也开着,里面亮着灯。杰克推开门,重重地砸上,没脱靴子就大步走进厨房,他看见妈妈坐在餐桌边,双手捧着一只边缘有缺口的杯子,里面装的是热水。她还穿着峡谷橡树俱乐部的制服,绿领子从派克大衣里钻了出来。桌子上放着一只鼓鼓囊囊的信封,邮戳图案是一只斗牛犬。妈妈哭了起来。一只鼓鼓囊囊的信封。他撕开来。

祝贺……

他一字接一字地快速阅读。

全额奖学金……

妈妈哭得更厉害了。她坐在椅子上,一副热情洋溢的样子,狂喜中又有宽慰。他抱住她,直至她笑出声来。他们跳了几下,看起来荒谬极了,像小孩子一般,像夏日一般欢快。未来就在眼前。

四

分别数小时后，杰克和索菲又一同走进耶鲁大学的地下图书馆"巴斯"探索。他给她的第一条信息，是邀请她去自习。现在，他们经过皇家园林般精准对称排列的皮椅、大理石桌和书架，一路走进一间自习室，那里的人更少。索菲拉开双肩背包的拉链，想象着如果自己迷失在思绪之中，忘了身体的存在，那么该给他们的胳膊肘造成多么严重的擦伤。她忍不住想要靠近他。由此一来就放大了寂静，突显出每一个细节。

在如此靠近索菲的情况下，杰克注意到，她闻起来不像任何东西，没有香味，一干二净。他在三一学校的女同学们从中学就开始化妆了。她们用电烫棒烫头发，直烫到头发散发出塑料烧焦的气息；用丰唇毒液唇彩涂抹嘴唇，以达到丰盈嘴唇的效果；用古铜色化妆品遮掩面色；往身上大量喷洒香水，把教室里弄得宛如布鲁明戴尔百货公司的一楼。杰克觉得索菲的这份自然状态新鲜又性感,有一种一丝不挂的效果。杰克清清嗓子,打开从第五大道的苹果商店花一千一百九十九美元买的笔记本电脑。他打开常用的一组网页:《华尔街日报》、《纽约时报》和《巴伦周刊》。桌面还开着一个谷歌文档,名为"未来",他在里面记录他对世界走向的看法。

索菲摘掉一支比克圆珠笔的笔帽,掏出马尔奇克教授的问题集,将自己的想法写下来,蓝色的手写字体像印刷体一样整洁,其中能看见 Σ 和 $\int$ 一类的字母。

两人都放松沉默下来。

一小时后,晚上 7:32 时索菲才重新浮出水面。她将笔放下,第一个问题解决了,抬头发现杰克仍在自己的注意力茧房之中。他是如此专注,这让她有一种奇怪的感觉,仿佛看到了在自家图书室里的自己。他的专注充满激情。此刻她与他如此靠近,在这样一种自然的状态下,感觉十分亲密。他们之间发生了什么?他们才相遇没多久,相处起来就这样自在。她重又沉入自己的问题集。

杰克在她面前挥挥手。

她看了一眼手表,晚上 8:16。

"抱歉。"她说道。

"很可爱。"

她捂住脸。

"我只是在——"

"思考。"

她露出微笑。

"我也有这样的时候。"他说。

"我们消失了。"

他笑了起来。她让眼下的情景看起来充满魔力。

"你想去咖啡馆买点什么喝的吗?"他问。巴斯楼上的咖啡馆有一个小柜台,里面摆满了糕点和冷藏的外带食物。

"啊!当然。"

"我请客。你想喝什么?"

"奶昔。"

杰克笑了出来。

"怎么?"她问。

她的急切让杰克想起很小的时候,在餐厅睡觉,想着"长大"这个词,要抵抗非法糖类添加物的诱惑。

"什么口味?"

"奥利奥?"

杰克微笑着站起身。

"马上回。"

杰克在巴斯咖啡馆排队，前面的四个女孩都扎着晃来晃去的马尾辫。她们在聊天，内容包括芳丝雅葡萄酒、迈克·波斯纳的一场音乐会、无麸质的食物和"信号灯派对"，绿灯意味着通过，红灯意味着有人对你感兴趣，每个话题的半衰期都极其短。她们对每个话题的兴趣都不足以点燃一束持久燃烧的火焰。他想起了她，回头往图书馆的方向看。

轮到他点单了。

"五块五。"收银员报价。

杰克为索菲的奶昔付款时才意识到，他们是在约会。他们在一起的时候感觉十分自然，但情况就是如此，这是他们的第一次约会。他本以为约会应该是更加疲累的：像鸟类一样，更多地炫耀亮丽的羽毛，鼓起胸脯，充满神经能量，以及自我怀疑。但与索菲在一起的每一刻都很平静。他们的约会就等同于两个人在一起完成本该独自完成的事——希望她能明白这其中的亲密意味：他们没有向理想中的自己靠近。他们只是自己原本的模样。

他拿着他们的饮品——她的大杯奥利奥奶昔，他的免费畅饮的自来水——穿过十字转门走回图书馆。两边都是独立的自习室。在其中的一间，一个戴眼镜的男孩正在剥克里夫牌花生酱爽脆能量棒的包装纸，窸窸窣窣的声音衬得四周更加安静。杰克喜欢这里的安静，宛如身处神殿。索菲显然也是。他从未遇见过任何其他人也喜欢这样的——"消失"？他返回自习室，用手肘推开门，发现索菲陷在沉思之中。她突然惊醒，然后站起身来，接过泡沫塑料杯，开始欣赏杯中十六盎司[①]的奶昔，外加上面覆盖的形状奇异的淡奶油以及黑色的奥利奥饼干碎。

"谢谢！"

索菲抿了一小口。

"你一直在忙什么？"他问。

"时间的起源。"她正在解第一个弗雷德曼方程，内容描绘的是宇宙的轨迹，"这个方程计算的是宇宙扩张或收缩的程度，以及我们的世界将在何时终结。你必须输入多少物质、能量和辐射，还有时间从何时开始。"

"时间还有开端？"

她点点头。

"一百三十八亿年前。"

"哈。"

"如果时间有这么长的历史，那天空中将有无穷无尽的星星，对吗？"

杰克试着想象那样的情景，夜空明亮如白昼，星星铺了厚

---

① 盎司（Ounce），英制重量单位，1 盎司约等于 28.35 克。

厚一层。

"在那之前呢?"他问。

"大爆炸之前?没人知道。之后则是数十亿年的黑暗,然后才有星星诞生。"她思忖着说道,"不过或许当我们看见时间的时候,我们将对之前的情况有更清楚的了解。"

"我喜欢你的自信。"杰克脱口而出。

索菲红了脸,心里很开心。

"抱歉,我只是想说,并非每个人都有方向。"

"谢谢。"

"你认为时间是什么样子的?"

她将头歪向一侧。想象时间的模样是很难的。人们只能通过观察其他事物来推断时间,想象时间本身等于是在挑战这种范式。她想到之前时代的人们也同样难以接受地球是圆的这一论断,因为它与深入人心的地平说相违背。索菲预感到,如果她能更好地理解时间,那么她就能明白该从何处寻找时间。或许时间与物质在亚原子层面是结合在一起的,人们不能自然察觉结合的方式。

"我还不知道。"她笑着说。

"你要造一台望远镜吗?一台时间望远镜?"

"或许会。"

寂静中充斥着喧嚣,十分紧张。

"好吧,如果——等你看到时间,你会向我展示吗?"

索菲点点头,心里感到一阵温暖。

"图书馆将于五分钟后关闭。"

杰克和索菲出门后爬上门外的石头台阶。十字校园——这个被斯特林图书馆和哥特宿舍围在中央的四方庭院——中,还有零零散散的学生在往回走。杰克和索菲是草地上仅剩的两个人。他们停在那里,头顶闪烁的星光犹如点彩派画家的画作。杰克试着从索菲的视角仰望。她能看见如此之多的细节,能以如此自然的形式放大。在头顶灿烂的光芒中,杰克注意到,并非所有的星星都是同样大小。粉状的斑块中点缀着大一些的斑斑点点。他将星星连成图案——一条微笑弧线、一双眼睛。他还注意到,并非所有的星星都一样亮。有些较亮,有些较为柔和。星星只是一个词,但它们的光芒却迥然不同。

"你明天想学习吗?"杰克问。

"好啊。"

他笑了。

"我是霍珀学院的。"她迅速补充道。

她指着离他们最近的学院。杰克意识到,他们还没问过彼此在耶鲁最常见的问题,即"你是哪个学院的"。所有新生都被分在某个学院,这样的从属关系将持续一生。每个学院都是一个封闭式的社区,有独立的餐厅、公共区——一个镶有饰板,类似俱乐部的房间,一般都带有一台钢琴——健身房、图书馆,有的还有一座篮球场和地下剧院。

"我是伯克利的。"他说。

他指着霍珀学院旁边的方向。

她笑了起来。

"还有别的问题忘了问吗?"他问。

"忘了最基本的问题。"

"你是什么星座的?"

"双子座。你呢?"

"射手座。好了,现在都补齐了。"

他将她送到霍珀学院的铁门前,两人站在一盏路灯下,旁边是她所在学院的黄色窗户,头顶是一百三十八亿年的星光。他俯身亲吻她,在同一时刻,她伸出双臂抱住他的脖子。他们搂住彼此,冻结在最温暖的姿态中。索菲感觉到,在巴斯图书馆驱使着他的热情此刻正冲她而来。

"晚安,杰克。"

"索菲,晚安。"

杰克步行返回伯克利,途中他抬头仰望星空,如果不是她,他可能永远也不会注意到那些星星。他觉得它们像是闪烁的水晶。他仿佛在看装在长笛中的香槟——如果那些气泡被冻结在时间之中的话。

接下来的几周，杰克和索菲每晚都一起学习。其间，他发现她喜欢问一般都是小孩子才关心的梦幻问题。她问过他："你最喜欢你哪一岁的生日？"而他已经不记得上次庆祝生日是什么时候。还有"如果你是一种动物，那你会是什么"？他不假思索地选了老鹰。还有"你最喜欢哪种甜甜圈"？他猜是苹果酒味的。与此同时，杰克在想，索菲是否曾有过任何成人经历。他感到着迷，她的智商水平堪称天才，但令人惊讶的是，她喜欢的东西却这么孩子气——包括她对甜食的酷爱。学习间歇，他见她吃过两面都撒满肉桂糖粉的六英寸曲奇饼、蘸苹果汁的焦糖荷式松饼，她甚至还从口袋里掏出糖来吃。

"你最喜欢你哪一岁的生日？"他回问这个问题。得知索菲从来没办过生日派对，他觉得很奇怪，毕竟她是一个如此迷人的人。漂亮的女孩子不是一般都有很多朋友吗？"如果你是一种动物，那你会是什么？"她的回答和他一样，也是老鹰。"你最喜欢哪种甜甜圈？"她宣称是冰糖口味的，然后描绘了一个粉红色的甜甜圈，上面撒满糖果碎片。与索菲不同的是，杰克又增添了一些与现实相关的严肃问题。"你最好的朋友是谁？"她说是妈妈。"你最害怕什么？"在一个陌生的地方，被人群包围——杰克承认，这的确相当恐怖。"你相信什么其他人都不相信的事?"有一天,我们将看见时间。

"你要来吗?"那年深秋,杰克问道。

在公共书桌的玻璃隔板两边,学生们都在将东西往书包里塞,接着将胳膊伸进巴伯尔风衣的袖子。一群身穿有耶鲁斗牛犬队标志的运动衫的人走了过去。

杰克的问题像是给空气导了电。

索菲低头看看问题集,最后的提示下面是一张空白页面,于是合上问题集。她笑着同意了。收拾书包的时候,她感到心跳得厉害,呼吸也变得急促。她感到自己的身体被唤醒了。他们在十字转门前停下,等待背包安检。一个身穿制服的保安举着手电筒来回移动,查看她的硬皮本、活页本和一包闪闪发光的荧光笔,然后照进杰克的背包,里面有用垃圾袋装的一包健身服装、他的荧光色运动鞋,笔记本电脑则塞在包内后面的口袋里。

"谢了,先生。"杰克说道。

索菲笑了起来。先生。她喜欢他对待他人郑重其事的样子。先生。他在巴斯咖啡馆、阿什莉冰激凌店、失眠症曲奇饼店点餐时也会使用这个称呼。他对陌生人讲话时不管出于什么目的,总是采用如此正式的称呼,就好像他认为整个宇宙都会围绕着他所选择的词汇旋转。他总是如此行事。

他们爬台阶上到十字校园。

"抱歉,你的问题。"他说。

"超能力那个?"

杰克点点头。索菲刚才问他:"如果你能拥有任意一种超能力,那你希望是什么?"他正要回答时,广播通知已到闭馆时间,他绕着她转了好几圈才把她请过来。此刻他们正向伯克利学院走去,为了避免运动鞋踩坏草坪,他们走在凹凸不平的拼接岩石上。他够到她的手,松松地握住,他们的手指勾在一起,连接点并未用力。

"我经常思考专注力的问题,"他说,"有些人就能集中精力,不管在哪里,不管周围多么喧嚣,他们都能专注于自己选择的事物。有关注意力不集中症的讨论有很多,但我认为我正好相反。我能将精力集中在一件事上,全身心投入,持续很长时间,那一定……不是超能力,而是某种让我感觉与众不同的东西。每当那样的时候,我的脑子里就只想着一件事,其余的都——"

"超级专注?"索菲说。

"哈,当然。我想你也有这种能力。"他捏了捏她的手,"但我知道这没有回答你的问题。如果我必须拥有一样超能力,或许……"他想起他们第一次一起吃午餐的情景,"我想帮你了解万事万物。"

相识一周后，他送了她一件礼物，是加来道雄的著作《不可思议的物理》。他是在耶鲁书店购买的，自己包装，还在上端贴着的蝴蝶结旁粘了一包彩虹糖。"这里面讲的你一定都知道，"她在图书馆拆开包装时他说道，"更重要的是，这样一来你房间里就有我的东西了。"这句话刚说出口，他就被其中所暗含的性暗示吓到了。索菲只是全然不觉尴尬地微笑着，仿佛完全不知道在她的房间里，他们两个可能会做出怎样的不正当行为。

杰克这天晚上邀请她来只是想继续交谈。索菲是个罕见的聆听者。你明显能感觉到她的专注。她对待他们的谈话就和对待学习一样用心。杰克每天晚上都沉迷于观看她解答方程式，觉得整个宇宙都在她的潦草字迹中，现实在她的指尖如此轻松地流淌。他只是想占有她更多的时间，或许可以反问她"如果你能拥有任意一种超能力……"，但离他的房间越近，他就越是忍不住要思考，他们怎样才能一同搬宿舍。他带领她进入伯克利学院的庭院，想象着亲吻她，将她按在单人房间雪白的石膏墙壁上的情景。他带领索菲走进宿舍的门口。

"你的室友们怎么样？"索菲问道。

"不确定。"

杰克和另外三个几乎不认识的人共用一个公共休息室。

他们爬上台阶。

索菲喘起气来。她现在对自己的身体非常敏感：吞咽时喉管的感受，丰满的大腿根部接触牛仔裤缝线的触感，扣子扣在肚皮上的感觉。她不习惯她的身体。她只见过一次精神病专家，是中学时期妈妈要求她去的。那次见面时，帕特南医生问她："你觉得你生活在脑海里吗？"当时的索菲认为："当然。我的世界是由我的大脑创造的，你的世界是由你的大脑创造的。"但这个答案感觉并不完整。从那以后，帕特南的问题就一直留在她的脑海里没有解决。现在索菲明白了他的意思。她从没想过这件事。她其实是生活在她的整个身体之中，在去往杰克的宿舍途中，她是如此地靠近他。这不是分析结果。这是问题的中心，是纯粹的感觉。

杰克打开宿舍门，公共休息室里有一台宽屏电视，破烂的蒲团上撒满了硬硬的薯片碎屑，蓝色地毯已经褪色，墙边靠有长曲棍球的球棍，还有网球拍，乱到足够引发幽闭恐惧症。

"哪个房间是你的？"索菲指着三扇门问道。

"我正要告诉你……"

他将钥匙插进门锁。她小巧的运动鞋与他的鞋只隔几英寸距离，白得耀眼，两只都有玫瑰花图案。花朵盛开在起伏的绿色茎秆上，那茎秆弯曲的方式有一种魔力色彩，仿佛是在另一种现实中起伏，所以没有遵循正确的角度。他打开房间门，两人走进去。他打开电灯开关，露出四面空白的墙壁，整洁的床上有一个枕头,书桌表面空无一物,还有一把椅子、一个衣柜。索菲突然想起史蒂夫·乔布斯——极端的极简主义支持者。

"能带我参观一下吗?"她问。

这个荒谬的要求把他逗乐了。有什么值得参观的?杰克走向统一分发的书桌,上面有浅色的木纹。他拉出椅子。

"好了,你看,这是我的书桌。"

"你在这儿学习过吗?"

房间里热不热,索菲觉得舒适吗?

"没有,女士。"

女士?他有那么紧张吗?他敲敲结实的木椅,透过门缝扫一眼外面休息室里的情景,对比之下,他的房间更显得——没有地毯、没有人气、物品缺失。他从没带女孩回来过。索菲看上去很美。以前和她说话总是非常轻松,简直就像把他的思想泄露到他们之间的空中一般,但现在他却急着想要控制自己。他从没有过性经验,边缘性行为也没有,但此刻他与她只隔着一臂的距离,关上门就能享有完全的私密,正和他想象的一模一样。他的脑海中正在播放一组幻灯片,每一张都代表着不同的可能性。

"外面吵不吵?"索菲问。

外面没有声音。

"也许我该关上门,"她说着将门关上了,"好了。抱歉,我听不见你说话,太吵。"

他笑着松了口气,原来她只是在开玩笑,想让他们靠得更近,而并没有听见他的想法。她就像站不稳一般向他倒过来,仿佛需要他来恢复平衡,他迎上前去亲吻她。索菲眨眨眼睛,透过墙上的两扇窗户能看到外面的星空。他们的嘴唇贴在一起,思绪专注于连接两人的短短唇缝之上,他伸手搂住她的腰。在衬衫的下面,她的皮肤感觉很温暖,像涂有黄油一般光滑。他亲吻着她,她也以同样的热情回应,就像一条莫比乌斯带。

索菲擦了一下嘴,眼睛看得入神。

"那就是你一直在巴斯学习的内容吗?"她问。

他笑了起来。

她亲吻着他的脸颊。

"我打断你了。"她说。

"啊?"

"参观。"

"哦,对。"

"可以吗?"她指指他的床。

他急忙点头,她于是坐了上去。

"这里还有什么值得介绍的?"她问。

她的笑容很有感染力。

"这个嘛,"他顺从地坐在她旁边,"我猜应该介绍所有这一切背后的思考。这里的东西不多,但是我不想要装饰,除非是到了我应该在的地方。"他从没大声谈论过这个想法,"能明白我的这种想法吗?"

索菲摇摇头。

"你是说……"她开始探究。

"我不知道。等一切都已足够的时候。"

"那是什么时候呢?"

"我不知道。我想时机到了我自会知道。"

索菲打了个哈欠——连忙捂住嘴,为她的这一反应而感到尴尬。

"完全取决于我的想法,不用担心。"他嘲笑道。

她笑了起来:"抱歉,平时我们出图书馆后,我都会直接睡觉。"

"一样,"他承认道,"想留下来吗?"

"留在这里?"她咬住嘴唇。

"你不用——"他笑起来。

"好。"她说。

杰克走到衣柜旁,拿出他最贵的运动衫——是彪马的,动物商标跳跃在字母 A 的上方——和最小的运动短裤。递给她时，他们的手轻轻碰触。她在浴室换装，他也趁机换上了灰色运动服。接着他们一同去刷牙。她用的牙刷和他的那支是一对，他找到时还没拆塑料包装。

她使用浴室时，杰克将她的衬衫和牛仔裤都折起来叠放在书桌上，动作和铺床一样小心。他坐在被褥上，心里既平静又高兴。她返回后关上电灯，但房间里依然有深蓝色的星光，他们一起上了床。他的身体在她背后蜷成S形，仔细聆听她是不是说了什么，但她只是捏了捏他的手臂。他亲亲她的后脑勺，第一次有说"我爱你"的冲动，但最终还是忍住了，只尽情感受她的气息，直至他们都进入梦乡。

清晨六点，杰克的手机闹铃响了，刺耳的铃声一再重复，粉碎了晨间的宁静。他伸手越过索菲，按下停止键，回复到片刻之前的姿势。索菲躺在他的怀中，柔软又娇小。他亲吻着她的后颈上头发稀少的区域，在黄色鬈发的掩盖下，那里显得十分私密。他想着，她是否仍处于梦境边缘的朦胧状态，只依稀意识到他的亲吻，但她转过身来。她的鼻子上有淡淡的雀斑，就像米黄色的银河尘埃。她的脸颊泛出自然的潮红。他的双手滑上她的运动衫，能感受到她肋骨的位置。索菲凝视着他，表情如此放松，他知道她会允许他做任何事。

"你走神了。"马尔奇克教授郑重地说。

索菲的思绪飘进了杰克的房间,回想起那段最舒适的经历,他们耳鬓厮磨的时刻像是搂着一只最舒服的火炉,她弓着背,盖的是最轻薄的被褥。此刻,她回到了马尔奇克教授的办公室。教授坐在圆桌旁,浅色卡其裤包裹的双腿交叉在身前。白色牛津衬衫的纽扣排成一条直线,像脊柱一般笔直地竖在他的身前。

索菲穿着弹力牛仔裤,双腿扭结在一起。她的头发编成法式麻花辫,从前面看很清爽,后面却呈现出一种随意绑扎的样子,歪歪扭扭地趴在头皮上。她的问题集放在身前的桌面上,里面记满了笔记。有些字母末端卷曲得如同藤蔓——是一种娇柔的花体字,散发出古老的气息。他们像往常一样检查她的作业,但整个下午索菲的眼神一直在到处游走。

马尔奇克教授看一眼手表,刚过两点半,但整本问题集几乎都看完了。他一直在翻页,希望能有一个问题激发她的兴趣。她是觉得无聊了吗?为什么?今天的课程内容很特别。他要求索菲阅读人们对于时间流逝的感知,根据情绪的不同,时间的速度会加快还是减慢。他们已经讨论过的情绪状态,包括敬畏、心流、无聊、渴望、悲伤,刚刚讨论的是惊讶。人们在震惊的情况下,大脑的杏仁核会超时工作,记录下比平时更多的记忆。细节更多的生活画卷让人们觉得时间的流逝速度像是变慢了。他列出的相关主题的文章有十二篇——全都是八磅字号，因为小的字号能让人注意力更加集中，他希望索菲能尽可能多地了解这个主题。

马尔奇克教授翻到最后一页——完全空白。在"恐惧与时间感知"的标题下，他列出了六篇阅读文章，并留下几英寸的空白供她记录想法。但这一页仍是空白的。

"你看见这个问题了吗？"他问。

她点点头。

你要来吗？索菲记得他的声音。当时她正在看这一页，想着可以晚点再完成。她记得参观他的房间时的情景。完全取决于我的想法，不用担心。她想到这里露齿笑了——

"你觉得这个问题有趣吗？"马尔奇克教授问道。

"不是，先生。"

以前她还没叫过他先生，她摸着自己的喉咙，想着杰克。沉默继续延长，和那页纸一样空白。

"你还有任何其他想法吗？"他打算提前下课。

"关于'爱'呢？"

"什么？"

"您列出的情绪列表中没有。"她翻回到前几页，"爱怎样改变人们对时间的感知？"

他俯下身来。"这个嘛，爱有点儿像是欲望。"他也翻回那一页,上面有她的蓝色字迹。

"不,不是欲望。真爱。真爱如何影响我们对时间的感知?"

"真爱?"

她点点头。

"你说得对,或许接近敬畏。"

他翻到对应的页面。与惊讶和欲望类似,敬畏也会减慢人们对于时间流逝的感知。在其中列出的一篇研究中,相比看到平庸照片的人,观看壮阔山景或其他全景风光——覆盖有积雪的针叶树,泰国海岸清澈见底的蓝色海水,晨光中闪耀的冰川——照片的人,记得的画面细节更多。他们还推测,观看每一张照片所花的时间,比观看日常场景时要多。在同样的时限里,他们感知到的时间却更长。

索菲摇头。

"不,敬畏是你目睹庞大、美丽或复杂事物时会有的感受。"她脑海中想到的是褐铃山,"你忍不住想要崇拜它。但真爱……"发生在两个势均力敌的人之间。当你对某个从未见过的人有似曾相识感的时候,不知为何你知道,这就是你所想的那个人。敬畏是屈服,爱是连接。不仅如此,还有更多区别,但索菲还不能确切地知道,该如何凸显爱的深度和力量。她不想在马尔奇克教授面前犯愚蠢的错误,所以只说"不一样"。

"好吧。我想爱是独一无二的。"

她点点头。

"我阅读的时候在想,"她说,"这些情感会影响我们对于时间的感知和时间本身吗?如果敬畏这种情感不只是让人感到时间变慢,而是时间的流逝对你来说真的变慢了该怎么办?"

这种激进的想法让马尔奇克教授想起爱因斯坦的时间膨胀论。爱因斯坦是第一个认为时间在宇宙各处的流逝速度并不相同的人。重力影响时间的现象被称为引力时间膨胀:时钟距离重力源越远,指针走速越快;时钟距离重力源越近,指针走速越慢。在速度时间膨胀论中,速度也能影响时间:物体移动速度越快,其内在的时钟走速越慢。国际空间站的宇航员绕地球旋转一年——相对地球来说的时速为一万七千英里——比在地球上的衰老速度会减慢九毫秒。这两种时间膨胀论都已得到证实。

但情感时间膨胀论呢?

马尔奇克教授做了一个笔记。

"我们的情感会影响时间。"他写着又念叨了一遍。这个想法很有趣,当我们在恋爱时,时间的流速可能真的更慢。

"是的。"

"我们的情感不只是在反映我们的世界,还能改变我们的世界。这个观点值得思考。"

五

树叶变成南瓜的颜色，使校园里的道路更加明亮。卫衣套在马球衫外，紧跟着又加了派克大衣。杰克和索菲适应了更暗的早晨和更暖的短袜，也适应了彼此。他们一起度过的时间越来越多，在心中已成室友。雪花将斯特林图书馆尖顶的锐利线条变得柔和，仿佛越过了一条模糊的边界。虽仍是同一座建筑，此刻却有了新名字，杰克的床也变成了"他们的"。

他们的相处有了定式。

习惯是骨架，组建起一份共享的生活。

每天清晨，杰克六点起床锻炼。他会将他的魔力斯奇那笔记本带进伯克利的健身房，一丝不苟地记录着动作重复次数和体重等数据。他循环锻炼上肢、下肢、核心部位，第四天是长跑，接着是一个间隔日，每次都练到衣服湿透。他密切地关注着手表显示的心率数据,心率在一百四及以上的时间每周至少有两百分钟。他的静息心率为五十一。

淋浴后,杰克会轻抚索菲的肩膀将她唤醒。每天早上他们都伴着"经典作品"的旋律更衣,那是杰克的歌单之一,其中收录的都是古老的灵歌,有雷·查尔斯的《你不会让我走》(You Won't Let Me Go)、埃塔·詹姆斯的《终于》(At Last),此外还有山姆·库克那首舒缓、沉稳的《把它带回家给我》(Bring It On Home to Me)一类的曲目。杰克有时会一边将手臂套进法兰绒衣袖,一边跟唱,他的声音低沉而富于激情。索菲会从占满衣柜下半部空间的衣物中挑选当日着装。杰克整理床铺,索菲摆好三只枕头,枕头是她从自己房间拿来的,每只都有两英尺宽,人造皮毛面料。她把它们摆在杰克原本的那几只硬挺的单色枕头前面。

他们上午有时会分开去上各自的课程。若非如此,索菲就会陪杰克去上一堂不记名的大课,课名是"冷战时代",课上杰克会悄悄地按摩她的背。在她的脖颈连接肩膀的那段弧线中,他会将任何坚硬都融化成丝线。

他们并排共进午餐。

周二和周四,在心理学导论课上,杰克和索菲总是坐在前排。他们对那排位置有一份忠诚感。索菲已经深谙课程内容,所以她一般都是歪着头任由思绪驰骋。她注意到自己正在变化：她能在校园里转悠而不害怕路人；她能在高峰时段的食堂用餐而不会被紧张驱使着离开；她给母亲打电话的频率降低了，却不觉孤单。

为了这堂献给爱的心理学课程，索菲的确活跃了起来。教授准备给出一个定义时，她摘掉了中性笔的笔帽。根据著名的罗伯特·斯特恩伯格博士的说法，爱有三个组成部分：亲密、激情和承诺。只有同时拥有三者的情侣才算拥有爱。但斯特恩伯格的"爱情理论"在她看来只是一个派对把戏，而非一大突破。这一理论不就是把一个含混不清的词换成了三个吗？再说了，它将爱情根植在行为之中，但爱情难道不是超越身体的吗？爱情难道不比手臂和双腿更结实、更广阔、更持久吗？它与空间和时间有什么联系？难道有任何人像研究力学一样研究过爱情吗？

她从这堂课离开时，反而比来时更好奇了。

尽管没有爱情地图，但索菲依然知道，自己与杰克是在恋爱中。自他们相遇以来，这个词就悄悄地渗入了他们的语言。"我喜欢你……谈论它的方式"，以及"……看着我"，以及"……触摸我"。要一个人说出"我爱你"只需要两个月。杰克第一次说这句话是一天晚上在床上时。他一直搂着她的腰，两根拇指迷失在压倒一切的抚摸节奏中，他说："我如此爱你。"他说得那样自然，因此索菲没有回应。这句话是无意间钻出来的，源于他内心深处，哪怕是承认也让人感觉唐突。但她依然明白他们所拥有的是什么。

下午，杰克和索菲一起学习。她阅读那些理解真爱为何物的诗句，敬佩语言的魔力，认为它们比"亲密、激情和承诺"这类的定义更加激动人心，更有助于人们转换视角。她喜欢鲁米，他曾写过"爱是连接你与万物的桥梁""爱无所依傍……无始无终""情人并不最终相遇在某处，他们一直在彼此心中"，那其中有真理存在。她并不完全理解，但比起物理学和心理学来说，感觉这些诗句更靠近智慧。她想要弄清楚，她与杰克之间正在发生的这件事究竟是什么。她每次前往斯特林图书馆寻找更多书籍时，他都会陪同。他陪她登上有七层楼高、八个夹层的主塔，钻进书堆，那里的廊道有六点五英里宽、八十英里长，里面塞满了书架。当这迷宫的深处只有他们两人时，他会亲吻她。他帮忙将书籍搬回他们的住处。

事实上，索菲与马尔奇克教授见面的时间，是她和杰克仅有的分开时刻。步行上下科学山的路上，她会听"经典作品"歌单里的曲目，陡峭的山路两边排列的都是科学院系的大楼，山顶矗立的则是斯隆物理实验室。那些歌曲跳跃的节拍让她想起杰克。她以前从未搜寻过音乐作品，从未去过音乐会，没有特别的音乐类型偏好，但她喜欢他们的晨间歌单，杰克存在于每一个音符之中。

在这期间，随着气温的降低，马尔奇克教授感觉到他与索菲之间的距离在拉远。她似乎有心事——尽管她能按时提交所有的课后作业，能回答他提出的每一个问题。就好像她的心和灵魂在另一个房间。他觉得如果向她挥手，那么他的手可能会穿过她的影像，因为这里的索菲是一个幻影，真正的她在别处。他对教学大纲做了小小的改变，但什么都没能吸引她。

图书馆闭馆后，杰克和索菲步行返回伯克利，索菲会在路上细数星座的名称。一天晚上，她勾勒出双鱼座的轮廓——两条由V形星图连接的鱼——讲述背后的神话：阿佛洛狄忒与儿子在即将被怪兽吃掉之时，变身为鱼跳入河中逃生。阿佛洛狄忒用绳索将自己与儿子系在一起以免在水中失散。接着索菲指着该星座上方最大的白点欧米伽，解释称那实际上是一个双星系统，两颗恒星围绕着彼此旋转。它们拥有同一个质心，因此被锁定在彼此的重力之中。

他们有时会绕路去位于女性中心和邮局之间的德菲咖啡馆。那里加油站水平的食物并不吸引杰克，旋转的切片比萨、炸鸡柳、一包包鼓鼓囊囊的膨化薯片、冷柜里塞满瓶装的星巴克饮品，但索菲喜欢甜食。他会一次性买一堆，比如老奶奶牌迷你奶油三明治、售价七十五美分的六包装小黛比牌糖粉甜甜圈、蘸糖。他们把这些零食带回家，在床上抱着笔记本电脑，边看电影边吃。

最后，他们面对面钻进被窝。她将鼻子埋在他的胸口，呼吸着他身上的沐浴露气息。他闻起来很有侵略性，是一种狠狠擦洗过的干净气息。他们在黑暗中注视彼此的身体，杰克凝望着她弧形的腰线，肋骨和髋骨之间的那一段以指纹的斜率沉降下去。她追溯着他翅膀般展开的胸毛。她曾如此专注地触摸过他的胸膛，熟知在他的身体骨架上，骨与骨之间连接的不同肌肉的软硬区别。

他们躺在床上回顾这一天，索菲有时会感觉到杰克的紧张。上一刻，他还专心致志，十根手指有力地抚摸着她，下一秒却消失无踪。他的手停在她的髋部，无比僵硬。这时候她睁开眼睛，便会看见他眉头紧锁、身体紧绷，仿佛所有精力都已从四肢被吸走，进入他的大脑。她熟悉这种时刻，知道那样心无旁骛、快速地思考是什么模样。每到那样的时刻，她就会抚摸他的后脑勺，告诉他有关宇宙的事情。一般都只是告诉他一些简单的事实，但这样就足够让世界回归原位。她告诉他，太阳系最高的山峰是火星上的奥林匹斯山，高度是珠穆朗玛峰的五倍，宽度则超过三百五十英里，与亚利桑那州同宽。杰克于是慢慢地松弛下来，逐渐沉入睡眠，索菲紧随其后进入梦乡。

总的来说，两人共度的是一段颓靡的、变化着的时光。索菲开始相信，某种影响深远、未经研究的事情正在他们之间发生，它比大脑更强大，甚至比时间更重要。

十二月的一个下午,杰克和索菲躺在伯克利学院的吊床上,享受着气温短暂回升的时刻。几分钟后,她要去见马尔奇克教授。两人抬头仰望飞机在蔚蓝的天空中划下的白色航迹云——她告诉过他,那是凝结的水蒸气。也是同样的物理过程将他们吐出的气体变成了身前的小团白雾。两人都穿着拉链上衣,盖着一条从房间里拿出来的厚厚的灭火毯。

"你妈妈还好吗?"她问。

"还好。"

他给她讲过家里的大致情况,只有一次提起少量细节。索菲只知道,杰克自从在翠贝卡街见过父亲后,每隔几个月都会特地过去一趟。他经常收集一些自己不穿的运动衫裤,丢进离乔治的公寓最近的慈善捐赠箱。毕竟他和父亲身高相同,体形接近。纽约冷起来能把人冻到麻木。他的父亲有可能穿得上。索菲只知道,杰克每个月会用 Venmo[①] 给母亲转一千美元,以支付她在哈莱姆区的房租,通常是在每月最后一天转账。

"她要来接你吗?"索菲问。

还有两周就是寒假。

"不。"

[①] 美国贝宝公司旗下的一款移动支付应用程序。

母亲旷班一天，就为了和他一起搭乘大都会北方铁路的列车回家，这种奢侈听起来简直荒谬，真是奢侈到闪闪发光。杰克倒有半真半假地想过她在春天来访。届时校园里将绿意盎然，百花盛开，每一个地方都将促成一段他能分享的记忆。然后呢，当然了，母亲将要见到索菲——尽管他还不曾告诉她索菲的事。他所说的内容和方式太过重要。毕竟，母亲正是在他这个年纪嫁给了父亲，做出了那些后来将改变她命运的决定。

他只要提及索菲，就不可避免地会引发比较。

母亲已不再是浪漫主义者。离开乔治后，她不再注重外表，不再涂指甲油，任由头发花白。她变得比以前吝啬，但杰克并不讨厌她的转变。他明白，母亲唯一爱过的男人已经消失，因为一次次沾染新的恶习，不断改变，最后再不是她少女时代交付真心的那个男孩。信任没有为她带来好处。

"她现在有约会对象吗？"索菲问。

"唔。"他将一条腿伸出吊床边缘，摇得吊床前后晃动起来，"有个叫迈克的人，不过……"

"怎么？"

"她说他们是在约会，但……"母亲还提过，迈克是峡谷橡树俱乐部的同事，给她买过花。她说的时候全无激动，而且也从没提过送的是什么花。她没有用心，"他更像是一个朋友。我想她眼下没打算追寻爱情。"

"也许等人年纪大一些，爱情会变得不同。"

"我不知道。我认为她曾经拥有过真爱，后来碎得惊天动地，所以她不再相信柔软的情感。"母亲唯一关心的东西似乎就是帮他开创事业。索菲捏了捏他。"那你呢？伊莎贝尔来吗？"

索菲点点头。

"我要见到你的妈妈了？"他问。

"当然。"

他亲吻她的额头，聆听四周的寂静。学校里的某种东西——或许是隔绝外界的精致铁门，或许是他将所有时间都花在索菲身上这个事实——让他有一种乌托邦的感觉。他们在自己的世界里，时间流逝的速度是不一样的，或许时间根本没有流逝。索菲平和、充满魔力、沉静。哪怕是挤在一只吊床上，他也感觉他们完美吻合，仿佛是同一个人的两半。他亲吻她的额头。

"你知道我爱你吗？"杰克说。

索菲点头。

他们静静地亲吻。

"我想让你拥有一切。"她说。

"我想让你了解一切。"

那句话提醒了他。她不是马上要去马尔奇克教授那里上课吗?他看了一眼手表——三点三十二,上课时间已经超过了半小时。

"索菲!"他突然叫道。

索菲坐在马尔奇克教授的圆桌旁,盯着自己的膝盖。教授面朝着她和自己亲手悬挂的壁钟。那壁钟接受的无线电信号来自铯原子钟——世界上最准确的钟。索菲最终露面时,壁钟指示的时间为四点。

他在意时间。

她在意吗?

"虚时间。"他提示道。

他的怒气填满整个房间,宛如一种影响未知的气体。

"是一种时空认知方式。"她的声音很低。今天的所有问题都涉及斯蒂芬·霍金普及开来的这个概念。"我们所认为的'实际时间'是位于同一平面的过去、现在和将来。虚时间则与那个平面垂直,是 Z 轴。从理论上来说,它允许多个事件同时发生……"马尔奇克教授一直在等待她说出一些惊人言语。他讨厌她这种了无生气的乏味语气。她只是在复述死记硬背的信息。"虚时间坐标是实际时间坐标乘以虚数 i——"他猛地打断她的发言。她所说的每个字都准确无误,但他希望的是,她在意她所说的话。她不在意的东西就称不上完美。

"怎么——"她问。

"够了。"

索菲甚至不曾道歉。她进门时只是低垂着眉眼,表示她没有借口。

"你心有旁骛。"

她张嘴正要发言。

"别撒谎。"

她的拉链上衣前襟有一只微笑的白兔。帽子的抽绳两端各系着一只红色的心形珠饰。这些怪异的装饰让他想起爱丽丝在仙境中提出的问题:"永远有多长?"白兔回答:"有时只有一秒。"但索菲的眼睛并不像她的服饰那样明亮。她一直都按时完成作业,而且总是正确无误。但时间一周一周过去,她的大胆劲头和好奇心却在减少。

"需要我提醒你的身份吗?"

她摇头,长发快速移动。

"索菲——"

"请讲。"她轻声说。

他坐下来。

"你的大学申请文书呢?"他转向电脑,敲下回车键,屏幕亮了起来,"你在其中引用了爱因斯坦的话,'我想知道上帝的想法'。"

"请别说了。"

"你记得香农吗?"他没等她回答就继续说道,"我们第一次见面时,我就和你提起过他。他用十年时间才写出他最好的作品,但他取得第一个突破是在二十一岁那年。他在二十一岁就出版了有史以来最重要的硕士论文,论述二进制切换问题,使得数字计算机成为可能。二十一岁。"他的显示器暗了下去。她看起来像个孩子,但她不是。"我在这里是为了帮助你。我在试着帮你。"

索菲的嘴唇在颤动。

"你觉得这些无趣吗?"

她张开嘴巴。

"你不想成为伟人吗?"

"不。"

"不?"

"我从来没有那样的想法。"

"那你是怎么想的?"

索菲没有回答。

"怎么?"他继续追问。

她再度凝视自己的膝盖,就像两座覆盖着牛仔布的小丘。世界一片寂静,但她的思绪却在咆哮,她的动机一直都是直抵事物的核心,弄清什么才是真正重要的,是什么拉下了控制杆使得人类得以存在。"成为伟人?"她最不希望看到的就是与众不同。但她没有说话。她不想在他面前落泪。

"那我呢?"他继续问。

她抬起头来。

"你觉得这门课对我来说算什么?清单上的一个项目?"

马尔奇克教授捏住鼻梁,然后又放开来。是他太过严厉吗?她难道看不出她能做出怎样的成就吗?万事万物的答案。宇宙的钥匙是金的还是银的?是闪闪发光的吗?她为什么不再在意?他提醒过她,她是多么杰出。耶鲁校史上还从未有过大一新生获得这样的私人指导。在去年的奥林匹克竞赛中,只有她解开了素数串平均间隔最大是多少的问题。答案是二十五,其中的每一个素数都有十八位数。二〇〇六年,数学家陶哲轩[①]由于为那个问题所做的基础性工作而荣获菲尔兹奖。他一直在表达索菲有多么出色,但他所传达的信息却并未击破她的心墙。索菲却一次比一次更想哭,就好像每一句夸奖对她的侮辱都更深了一分。他不再执着于拉近他们之间的距离。

"我想今天到这里就够了。"

她合上笔记本。

"但下一次我想见的是索菲,而不是你假装的某个人。"

[①] 陶哲轩(Terence Chi-Shen Tao),1975年7月17日出生于澳大利亚阿德莱德,华裔数学家,英国皇家学会院士、美国国家科学院外籍院士。

上床没多久，索菲就在杰克的怀中哭了起来。

"小菲。"他柔声说着，拉开她捂在脸上的双手，露出她那双已经能看见红血丝的正在淌泪的蓝眼睛。她的脸颊正如帽子抽绳上的心形饰结一样红。

"我是一个人。我只是一个凡人而已。"

"什么？"

他帮她擦干眼泪。

"发生什么事了？"他问。

"马尔奇克……"

他们在公共食堂一起见过马尔奇克教授一次。他那时一个人坐在食堂的非社交区。就杰克所知，索菲和这位教授一直以来的相处都算得上和睦。虽然尚未取得任何突破性进展，但索菲并不着急。毕竟需要时间，不是吗？

索菲凝望着杰克的被子。昨天晚上，他们在床上看《指环王：双塔奇兵》时，索菲将桃子味的软糖像戒指那样套在手指上。她吃了许多，酸甜的味道残留到刷牙时分，与她所用的牙膏的气味混在一起，她给那种味道命名为弹头薄荷。杰克执意要尝一尝，于是就开始亲她。他的舌头缠上她的，泡沫爆裂，她不禁笑了起来。

她用掌根擦掉眼泪。

"我们可以晚点再聊。"他说。

她点点头。

"我如此爱你。你是如此特别。"

"不。"

"不？"

"我并不特别。我是一个人。"她望着手腕上流下的一滴泪珠,"你是唯一不会让我感到自己格格不入的人,我不希望那样的感觉发生改变。"她看着他的眼睛,表情似在询问,"好吗？"

"好。"

他亲吻她的额头,然后是她的鼻子,接着是她咸咸的上唇。他捧着她的后颈窝,小心地扶着她的头,就和对待她身体的其余部分一样小心。她是一个人,这再清楚不过,一个热情、美丽、温柔的人,杰克被她的每一寸所吸引。他想向她展示那一点。他爬到她的上方,继续亲吻她,如此专心,以至于谁都没注意到,她刚拿到的课后问题集从床上溜到了地上。

六

"我遇见一个女孩。"大一那年春天,杰克告诉母亲,差一点儿就要说出索菲的名字。他捏着电话,绷紧身体。以前他从没对母亲提过任何一个女人。窗外的伯克利庭院看上去充满希望,山茱萸的白花覆在青草地上,花圃里铺展着黄色的郁金香。索菲去科学山参加一个高层研讨会了。

"妈?"

"怎么?"

他想象着她坐在哈莱姆公寓的客厅沙发上,身姿僵硬。或许她正僵握着杰克买给她做生日礼物的耶鲁大学水杯。

"我能和你说说她吗?"

"什么?"贾尼丝问。

他们一般谈论的都是他的成绩——所有课程都是 A,只有逻辑学是 A-，因为罗林斯教授认为，分数膨胀是"参与奖大流行趋势的最新突破"。之后他会询问她的大致情况。邻居还会不会吵人，大门还会开着吗，峡谷橡树情况怎样？

"她叫索菲。"

"哦。"

"我们从开学就一直在约会。"

"抱歉，你说谁？"

"索菲·琼斯，和我同岁。"

"琼斯。"她小声重复着。

杰克听见她在电话那头敲键盘。他想象着她在咖啡桌上的笔记本电脑旁俯身的样子，桌子最短的一条腿下垫了一堆干茶包。他记得自己遇见索菲那天，第一次用谷歌搜索她的情景。她在照片中羞怯地微笑，炸弹一般炸得他无法细读搜出的任何信息。大多数照片中，她都没有完全正对镜头。

"她还有维基百科词条？"贾尼丝问。

"对。"他笑着说。

电话那头一片安静。

"怎么？"他问。

"她是金发。"

杰克的笑容消失了，像刚刚展开一样迅速，没留下任何温暖的痕迹。金发。这个词贾尼丝是最近在峡谷橡树从服务的女客那里学到的。她们的发色并不重要。每个富家女人都是"金发",她用这个词来表达对生活轻松的女人的鄙视。

"国际数学奥林匹克竞赛。"贾尼丝吐字清晰地念出索菲维基词条中的这个句子,仿佛是在进行言语障碍矫正练习,"好的,我很高兴你交了一个朋友。"

"我说过,我们在约会。"

"所以你才没有安排暑假工作?"

不,她知道原因。过去的这半年,他都在申请华尔街的实习工作,但绝大多数职位都只对大三以上的学生开放。他是符合资格的——只要有人肯见他,他们就会发现。索菲一直在帮他搜索耶鲁校友联络网,已经发出数百封附带简历的电子邮件。他想着,如果找不到雇主,那就再去做家教,反正他早就习惯了那些孩子们——穿两百美元的运动鞋,优越感十足,百无聊赖。那样一来,他仍能充实银行账户。

"如果她阻挡你追求梦想,那她就不是对的人。"

"我说起她,是希望你能见见她。"

"见她?你才刚认识她。"

"我早就想让你见她了。"

"但——"

"我知道。感觉会变,人会变,生活会变。我知道,但——"

"你现在的决定——"

"她和我一样。"他摸着心口位置,"她和我一样充满能量。她在乎她的学业。她学习很刻苦。她是我见过的最好、最谦卑、最体贴的人。你不知道她在用自己的人生做什么。她没有阻挡我的梦想,她有自己的梦想,我想和你说说她,这对我很重要,因为她以后会在我身边。所以,我想请求你,我能带她回家见你吗?"

贾尼丝没有说话。

"等你先找到工作。"

彼得爬上科学山,今天他要给索菲上最后一次课,为他们共度的这灾难性的一年盖棺论定。他以前也失败过,但从未如此缓慢,如此直接。十二月那次争吵过后,索菲每周来上课,都变得更像是一个幽灵。他知道自己不该提高音量。"你不想成为伟人吗?"他令她反感,而他希望与她建立的联系从未实现。每一周,她都在拒绝他,用她茫然的眼神,用她防备性的礼貌,除非提问,否则她不会发言。

他走进昏暗的物理楼,进入他的办公室。"请别说了。"与此同时,身为她的导师的小小光环,在系里也已经散去。其他教授也发现,索菲在课堂上退到了后排。她的作业越来越像其他优秀学生。她没有满足每个人对她的预期,没有成为全明星,光芒盖过所有同龄人。只有主席还会在彼得面前提起她。

今天，彼得打算询问索菲，来年是否仍想继续个人课程。"她可以跟着系里的任何导师学习，"主席说过，"一定要告诉她这一点。"彼得当时点了头。

挫败感的袭击是随机的，在食堂午餐时，在"时间理论"课程的讲台上，在教室里，在科学山的上山步道上，他都曾感受过。他尝试过每一种办法，甚至包括引入时间以外的话题，只求引起索菲的兴趣。今天的问题涉及的是傅里叶变换，这是一种被用来映射声波等方程式的工具——是他最后一刻才改定的课题。到目前为止，其余所有的尝试都没有奏效。他的热切一定让人讨厌。或许那也正是他的儿子们从来就不喜欢上学的原因所在。

今天是他最后的机会了吗？他坐在桌边，彩排着将要说的话：难以置信，一学年就这样结束了……如果大二学年里，你还想继续个人课程，我代表院系表示欢迎，我们很乐意继续提供单人授课。你可以追随任何人、任何导师——

这时他接到索菲发来的一封新电子邮件：

回复：PHYS991

敬爱的马尔奇克教授：

我在附件中附上本周的问题集。

我今天不能来上课了，但我想发自内心地感谢您这一年里的宝贵指导。能享有跟随您学习的特权,我非常感激。我所学到的远超我的想象。

再次感谢您。

诚挚的
索菲

彼得看着邮件。

他心里的那个无限边形暗了下去。

他感觉像是永远失去了她。

一小时前,杰克和索菲在床上阅读时,收到莱昂内尔·帕丁顿发来的一封电子邮件,内容是邀请杰克于次日下午一点参加夏季兼职面试。

他们在巴斯图书馆向各大公司的执行总裁发送电子邮件,莱昂内尔是其中最著名的一位,也是索菲知道的少数企业名人之一。光是看到他的名字,就让人想起他的南方口音,花白的平头,以及他足以柔化时髦西装线条的魅力。他的反应比新闻主播更机敏,总能点亮每一档电视访谈节目。他们在校友通讯录中找到他的电子邮件地址,于是去信询问帕丁顿公司是否有为大学生提供的职位。这样的行为很大胆,但莱昂内尔也是这样的人。他白手起家,现在管理的资产超过五百亿美元。他会在上西区的探界者健身会所与杰夫·贝索斯①打篮球。他生活在一个"确定"的世界。

这时候,杰克的黑眼睛闪闪发光。索菲抓着他的肋骨。他们摇晃着彼此,激动地庆祝这一刻,随后才反应过来邮件的含义。

"明天。"索菲重复道。

杰克点点头。

她甚至都没想过要见马尔奇克教授。感觉杰克的梦想就是他们共同的梦想。接下来的几小时,他们一心沉浸在面试准备的狂热之中。他们彩排杰克听到每一个标准问题时应当做出的回答,直至索菲提议先吃晚饭。之后,她又提出更多更棘手的问题。"你是怎么挑选你的股票组合中的公司的?""这个世界将走向何方?"凌晨2:30,杰克木然地刷牙时,索菲依然精力充沛。她别无所求,只想他能得到这份工作。她知道杰克在高中时有多么崇拜莱昂内尔。他值得拥有一个闪耀的未来。

他吐出白沫,洗净牙刷。

"十年后你希望在哪里?"她问。

他想象着索菲十年后的模样。

"我爱你。"他说。

---

① 亚马逊公司的创始人和执行总裁。

"我知道。"

他们面对面躺在床上。他结实的胸膛抵着她的鼻子,压平了她鼻梁的软骨尖。她向上够到他的嘴巴,亲吻他敏感的唇角,那里是她以前从未触碰过的区域。

"你是不是错过马尔奇克的课了?"他突然问起。

她又钻了下去。

"我们明天才见面。"她撒谎。

"好的,"他亲吻她的额头,"谢谢你。"

她揉揉他的后脑勺。

"你为我做了如此之多的事,"他继续说道,"我怎样才能成为一个更好的男朋友呢?"

"赶快睡觉就行。"

"我说真的。"

"我不知道。我还应该做些什么呢?"

"什么都不用做。你绝对做完了你所能做的一切。"

他们的呼吸慢了下来,索菲逆着星光凝视着他身体的轮廓:他的鼻子线条形如一支箭头,他的灵魂也给人同样的方向明确的感觉。再没有人能和杰克相提并论。他追求的目标如此高远,同龄人谁能有那样的专注度?那样的热情与秩序平衡能力?还有谁有如此的雄心壮志,如此亲切友好?她以前从来没遇见过自己的同类,但现在她有了他,她别无所求。她感受到

/ 103

的只有幸福。

上午的时间感觉只有十分钟那么短。

终于到了莱昂内尔的办公室,那里是杰克梦想之路的终点,他惊慌起来。莱昂内尔落座后依然比杰克所设想的高一英尺。顶楼的视野令人头晕目眩。杰克穿着刚从波道夫·古德曼商场购买的成衣西装,标签都没撕,等着面试结束就去退货。此刻每一个尖突的桌角都是一份价值九百九十九美元的威胁。杰克站在一张沃伦·巴菲特的照片旁,因为太过紧张,不等莱昂内尔开口问好就滔滔不绝地说了起来。他详细地介绍了用光面纸彩印的投资组合内容,从最早一直讲到现在。他的资产现在有两万五千零九十美元,任何一个月的减少比例都不超过4%。他解释自己挑选股票的方法就是赌历史:苹果、沃尔玛、谷歌和其他商业巨头的成功足迹都显而易见。杰克寻找的是路径相似的公司。他购买的数量不多,但打算持有几十年。最好的投资需要时间。

"下午好。"杰克说完后,莱昂内尔向他问好。

"是的,先生。您好。"

"你说的东西让我印象都非常深刻,除了时间的那部分。"杰克皱起眉头。"如果等待如此重要,那你为什么不肯等?你都没有自我介绍就开始长篇大论。我是莱昂内尔。"他笑着伸出手。

杰克与他握手。

"是的,先生。抱歉。我是杰克。"

"请坐。"

杰克坐了下来。

"你知道你为什么会在这儿吗?"

"不,先生。"

"直接送到我邮箱里的简历,我每一份都会阅读,因为我喜欢自信的人。"

"啊,我有信心,先生。"

"你当然有。你要学的还很多,不过我也一样,不管你信不信。"

杰克的笑容充满希望。

"你知道吗?"莱昂内尔敲敲桌子,当场就为杰克提供了一份暑期工作,具体内容是为他本人提供贸易建议。莱昂内尔话音刚落,杰克没有丝毫停顿就赶忙答道:"是,先生。"仿佛钻出了一条虫洞。杰克走到街上,发现自己的双手在颤抖。他给索菲打电话,告诉了她一切,包括大堂十字转门的样式、接到录用通知后心里有多么踏实。索菲的激动程度是他的两倍。仿佛她也和他一起在街上,虽然看不见形体,却极具感染力。

"我爱你。"他说。

"我知道。"

接下来,他给贾尼丝打电话,告知了消息。他想不起她上一次这么高兴是什么时候。接着,时间慢了下来。他提醒她,找到工作意味着,她将见到索菲。他仔细体会着电话那头随后的那阵寂静,酸涩到让人难以下咽。

"行吧。"贾尼丝同意了。

"周五怎样?"

那个周五,两人乘坐大都会北方铁路的列车前往纽约,他们并排坐着,杰克牵着索菲的手,一路上坐立难安。窗外是模糊的绿色郊区风景,先是宛如印象派画作的米尔福德,接着是达连湾。索菲穿着一条蓝色裹身裙,扇形的裙边印有波浪图案。只有这一次,她将长发梳成了中分。

贾尼丝当然会喜欢她。

那他为什么会坐立不安呢?

他掏出耳塞式耳机,递给索菲一只,然后播放他们的"经典作品"歌单。

《站在我身边》(*Stand by Me*)的旋律让他镇定下来。

索菲之前就听杰克讲过许多街区的事,所以这趟旅途接下来的部分都给她一种似曾相识的感觉。在哈莱姆区 125 街车站下车，然后乘坐上城区地铁前往168街，从麦当劳餐厅和杜安瑞蒂药店之间的出口钻出地面。他们都背着双肩包，打算先在爱彼迎①上的民宿里住一晚，明天再去找公寓。他们路过一家没看见名字的餐厅，广告上写着"1美元切片比萨，24小时营业"，旁边店面的遮阳篷上写着"食品和糖果"字样。公交车道上蒸腾着热浪。

杰克突然停下脚步。

"你还好吗？"索菲问。

他看着大楼暗色的玻璃窗格中母亲公寓的那个长方格。他和贾尼丝还从未在这里待过客。他点点头，走向盖满涂鸦的3C门洞。四周一片喧闹，门发出吱的一声。是索菲先进的楼门，她没有被空气中的大麻气味吓到，而是露出了亲切的笑容。他们踩得楼梯嘎吱作响，终于看见贾尼丝站在门口，她穿着一件系纽扣的牛仔上衣，双臂交抱在胸前。她只看着杰克，虽然没有说话，表情却充满喜悦。他们拥抱——团聚的能量振奋了每个人，即便是在这时，杰克也一直牵着索菲的手。是他先站直了身体。

"妈，这是索菲。"

"见到你太好了！"索菲真诚地说。

---

①爱彼迎（Airbnb），房屋租赁平台，用户可通过网站或手机应用程序搜索房屋租赁信息并进行在线预定。

贾尼丝笑得很用力。"进来。"她招呼道。

杰克和索菲牵着手走进门。他没有转头，带着索菲四处参观，介绍客厅里的每一张照片，包括相框里那幅他小时候为贾尼丝画的素描。索菲听得很认真。杰克也叫过贾尼丝几次，不过没说任何实质性的话语。都是些"对吧，妈妈"和"那公平吗"之类的。他和索菲黏在一起，贾尼丝从未见过他如此——依赖他人的模样。索菲揉着杰克的肱二头肌，他们一直在触摸彼此。贾尼丝只是站在那里，用简单的字眼回答杰克的问题。她将烤箱门打开又关上——她必须做点什么，不能只是闲晃——将香甜的水蒸气扇到空气中。烤鸡的味道吸引杰克走进厨房。他亲亲索菲的额头，旁边的餐桌已经摆好三人份餐具。

"你的头发散了。"贾尼丝说。

"什么？"杰克看着索菲，索菲十分窘迫，没有发言。他在微波炉的表面看见自己的影子——意识到是因为在火车上太过紧张，一直在用手指梳头发的缘故——此刻他的头发一片蓬乱。贾尼丝轻轻地将他的头发打理整齐。

"好了。"贾尼丝说，"头发乱，日子乱。"

"第一天上班前得改掉这个习惯。"

他们转向轻松的话题，开始谈论莱昂内尔。贾尼丝问得很细。杰克什么时候开始上班？下周。薪水是多少？两个月一万美元。停顿间，她引导杰克和索菲落座，给两人面前都摆上一盘鸡肉、烤花椰菜以及刚用微波炉加热的本大叔牌肉拌饭。

"他人好吗?"索菲问。

"当然。我是说,他其实是想帮忙的。"杰克叉起一块鸡肉塞进嘴巴,"他想培养我、了解我,让我做他的门徒什么的。太疯狂了。你听过这样的事吗?"

"只有一次。"索菲坦承道。

她想象着马尔奇克教授的样子。

"你能回来太好了。"贾尼丝说。

她冲他的房间点点头。

杰克紧张起来。

"索菲和我计划一起住。"

"哦?"

"她也要过来工作。"

"那你打算做什么呢?"贾尼丝流露出挑剔的语气。

"我会去自由人女装。"

贾尼丝抱起双臂。

"那家女装店?杰克说你是学物理的?"

"是的。"杰克插话。

"我在跟她说话呢,"贾尼丝说,"那你要在自由人做什么工作?"

"盘货。"

"那跟物理有关系吗?"贾尼丝问。

"妈。"杰克叫道。

"我只是好奇她为什么选择那个工作。"

"我要先等到杰克被雇用。"

"哦。"贾尼丝说。

"她会自学物理。"杰克插话道,"那个工作很轻松,那样一来,她在白天上班期间就有时间思考和阅读。而且,她周末可以休息。"贾尼丝绷着脸。"怎么?为什么那副表情?"

"也就是说,她找到工作却不打算认真干。"

"不,不是那样。"

在母子二人争论期间,索菲看着自己的手。杰克没说错,但也不完全正确。事实上,对于以前彻夜思考的那些问题,她的兴趣越来越淡。真正控制我们的是什么,拨动宇宙之弦的东西是什么,爱有什么实际的力量?她之前根本无法形容,现在尽最大的努力也只能说,她的精力已从大脑转移到了心灵。她进入了另一种波长,她发自内心地感到满足。这学年结束时,哪怕是在规模最小的研讨会上,她也会走神,计划着下次要和杰克看什么电影。她之所以能毫无忧虑地选择自由人公司,是因为说到底,工作只是一种谋生的手段而已。她只想找个薪水高、离家近的工作,因为她最大的喜悦已不再是取得最深刻的洞见。她的幸福源于与杰克共处的时光。

"你毕业后想做什么？"贾尼丝询问道。

索菲看着杰克。

"她想弄清世界的运转模式。"杰克强硬的声音压倒了所有噪音。他起身到水槽冲洗干净盘子。索菲借口要去卫生间，然后低着头离开餐厅，关上了门。

"说吧。"杰克小声说。

"说什么？"

"怎么回事？"

她没有回应。

他俯身靠近贾尼丝。

"妈？"他叫道。

"她不是我想象中的样子。"

"什么？"他问。

他扬起眉毛。

"你说她有自己的梦想。"

"她当然有。"

"爱上一个人时，你看不清他们的真实面目。记住，你现在做的决定——"

"我完全清楚她的为人。"

贾尼丝的嘴巴紧紧地抿成一条线。"她只有美貌，你的头脑不清醒。听我说，杰克，她想'弄清世界的运转模式'？"

贾尼丝摇摇头,"她弄清那个问题,不会比我早。"

卫生间传来冲水声。

索菲回来了。

杰克站在那里,依然感到愤怒。

"谢谢你做的晚餐,妈。今晚对我来说很特别。"

"杰克——"贾尼丝叫道。

"抱歉,我们必须走了。"

回市中心的地铁列车空荡荡的,对面的一排座椅上只有一个睡着的男人,鞋底与鞋面分了家。杰克看了一眼男人的脸,不是他。

"我表现得还好吗?"索菲问。

"当然。"

他亲吻她的额头。

"她非常爱你。"索菲说。

"我知道。"

那贾尼丝为什么不爱索菲?

在他的诸多恐惧中有一个是,贾尼丝会过度关注索菲。但"只有美貌"?杰克从没想过她会做出那样的评价。问题或许在于:距离太近时,任何人都不完美。只短短相处几秒钟的话,每个人都很无聊。光是看着一个人吃鸡肉、花椰菜和米饭，你不可能分辨得出他是不是天才。人要脱颖而出需要许多年时间，一顿饭的工夫远远不够。

但还是有某些事情不对劲。

杰克意识到，尽管他希望人们拿索菲当普通人对待，但他也希望他们明白，她并不普通。索菲是超凡脱俗的，她是一个足以改变时代的人物。她思维的深度，只有她心灵的深度能媲美。

七

杰克和索菲十指交握，乘坐电梯上到莱昂内尔的顶楼公寓。索菲穿一双系带高跟鞋，这是她第一次穿高跟鞋。这双鞋是索菲二十岁生日时伊莎贝尔送的礼物，附送的卡片上用飞旋的笔迹写着"不用挂怀"。索菲的黑色 A 字裙虽短却得体。她看上去像是要去教室上课——高跟鞋除外。杰克摇摇她的手。

"我想你了。"他说。

"我知道。"

大三秋季学期已开学一个月，他们几乎没怎么交谈过——虽然住在一起。杰克一直在为莱昂内尔做兼职。他们将双人间的一个卧室改成了共用办公室，代替了日常学习的巴斯图书馆。莱昂内尔的工作一波接着一波，上一波才刚刚退潮。疯狂工作的一周里，杰克每晚睡不到四小时，昨晚他一夜没睡，今天凌晨才赶完公司的分析报告。乘火车进城的路上,他大部分时间都在打盹。

电梯门打开后,他们走进莱昂内尔的五十岁生日派对,到场的人群衣着华丽,索菲感到震惊。一百组交谈声交叠在一起,像警报一样,吵人又吓人。光滑发亮的西装和闪闪发光的连衣裙使巨大的客厅熠熠生辉。她和杰克从未参加过如此盛大的派对。她张开手掌,将杰克的胳膊抓得更紧。

"你还好吧?"他问。

她点点头。

他亲吻她的前额。

"他们在那边。"

莱昂内尔和他的妻子茱莉亚就在几步开外的地方,杰克冲他们点点头。莱昂内尔看起来就像年长版的杰克,健壮且自信。他正在讲一个故事,吸引了一批听众。茱莉亚是一位意大利裔美女,身穿一条垂至地板的长裙,笑容优雅。莱昂内尔看见杰克,仿佛突然来了精神。索菲感到杰克挺直了身体——就像舞台上表演的小孩子看到父母坐在观众席上会站得更直那样。莱昂内尔继续讲他的故事。

在前往休息平台的途中,索菲看见几张女人的脸,都是老人,却毫无皱纹。最有可能的原因是做过整容手术。索菲不明白,她们为什么不肯接受身体的变化。有些人只能从容貌上感受到自身的价值，想到这里她觉得非常可悲。那她们的兴趣和梦想呢，她们复杂的内心呢，她们的爱有多深？穿过打开的双扇玻璃门时，她感觉能和杰克在一起很幸运。他们站在灯笼下，倚靠在栏杆上，眺望这座城市。杰克牵着她的手，亲了三下她的指关节。

"你要装饰这里的住处吗？"她问。

他笑了。她想起来，他的规矩是，在一劳永逸地上岸之前，他不会装潢。

"我们等着看。"他说。

他亲吻她的脸颊。

"那莱昂内尔对我有什么了解？"她问。

他显然是努力地在记忆中搜索。他对莱昂内尔提及的索菲的第一件事是，她研究时间。当时的情景杰克记得很清楚，因为莱昂内尔很困惑。"是物理学的一个课题。"杰克在莱昂内尔的办公室里自豪地解释道。暑假里，根据莱昂内尔的要求，每天收盘后，他们都会在那里见面。"她认为，时间是世界上最重要，却最不被人理解的事物。"索菲从没说过这句话，但那正是杰克对她的兴趣的解读。那之后他和莱昂内尔交流很多，他一定又说过许多她的事。

"聪明。他知道你很聪明。我一开始就说过你。"之后就变成了谈论工作。

"杰克,我的小伙子!"

莱昂内尔深沉的声音引得他们转过身来。

"先生!"

两人握手的动作像是在挥舞棒球棍,在两人之间的半途中砰然相击。

"感谢前来。"茱莉亚说。

"这小子没有离开!"莱昂内尔说,"就是给我发邮件的那个。"

杰克看着索菲。

"先生,茱莉亚,这位是我的女朋友索菲·琼斯。"

莱昂内尔一直在期待这一刻。杰克为索菲唱了好几年赞歌。索菲的维基百科页面读起来就像科幻小说。但更有趣的是,杰克每次提起她都会出状况。一般情况下,杰克的发言总是非常具体。他每次提及股票价格,都会精确到小数点后两位。但每当他提起索菲的时候,却变得语言含混。"特别""不可思议"。

"莱昂内尔·帕丁顿。"他伸出一只手。索菲迅速握了一下,然后抽回胳膊折叠在胸口位置,像是吊在悬带里。

"茱莉亚·帕丁顿。"

索菲点点头。

"下一个爱因斯坦!"莱昂内尔说道。

索菲的笑容在颤抖。

莱昂内尔清清嗓子。

"杰克说你在研究时间?"莱昂内尔问。

杰克察觉出索菲的不适。是因为莱昂内尔对他来说太过重要吗?不说他们的工作关系,她知道莱昂内尔为了了解他费了一番工夫。杰克开诚布公地对他讲过哈莱姆区和翠贝卡街的故事。他们每天早上都会为彼此标记新闻文章,然后分享耶鲁大学运动竞赛获胜的消息,并附上各自的评论。七月里,他们一起参加了蒙托克非凡铁人三项赛。莱昂内尔是杰克生活中的关键人物,索菲每天在交谈时都会提道:"贾尼丝怎么样?""莱昂内尔怎么样?"

此刻,她却将目光投向了内心。

"是的。"索菲终于说道。

莱昂内尔向前凑拢一英寸。

"哦?"他将一只手插进口袋。

索菲没有继续说下去。

"那么,接下来呢?"他问。

她的脸上泛出红晕。

"哎呀,"莱昂内尔的语气变得温柔了些,"我一定是失礼了,跳过了基本信息。请原谅。你是哪儿的人?"

索菲答道:"纽约。"

"市里的?"莱昂内尔问。

"不,维斯切斯特。"

"你喜欢纽黑文吗?"

"这……"索菲顿了一拍。

显然她不打算继续说完。

"好了,我们不会占用你们整晚时间。"莱昂内尔亲切地拍拍杰克的肩膀,"索菲,你让人印象深刻。我期待能听到你的下一步动作。发现下一个'世界上最重要,却最不被人理解的事物'。"说完他冲杰克眨眨眼睛。

"是爱。"索菲说。

"啊?"莱昂内尔问道。

"世界上最重要,却最不为人理解的事物是爱。"

茱莉亚扬起一侧的眉头。她原本也和莱昂内尔一样,急切地想与索菲谈谈。她是一名神经外科医生,喜欢认识科学领域内有雄心壮志的年轻女性,渴望帮助她们实现目标。听说索菲的资历后,她以为会见到一个思维敏锐、善于分析的人。这个女孩难道不该站在知识的边缘,看着已知与未知之间的那条界线吗?她原本期待能从索菲那里学到一些东西——关于时间、宇宙或者人类。但索菲这番多愁善感的发言却令人失望。

"她说什么?"莱昂内尔问茱莉亚。

"爱。"茱莉亚说。

/ 119

"爱，对。"

索菲的脸涨得通红。

"好了，你的这个答案，实在是很有电影《心灵捕手》的风范。"茱莉亚说。她的脸上仍然挂着礼貌的微笑，这时梳着油头的托尼加入进来。索菲能认出他是根据杰克平时的描述：哈佛毕业，满头发胶，在工作聚会场合总是随意喝醉。托尼工作表现出色，是零差点球员[①]，但他身上有一种大学兄弟会成员的气质，和杰克不合拍。托尼搅着杯中的酒。

"《心灵捕手》？"托尼试探着问道。

"托尼！"莱昂内尔招呼道。

"《心灵捕手》怎么了？"

"这位是索菲，杰克的女朋友，数学奇才。"茱莉亚解释道，"现在，她认为爱是世界上最重要的力量。"

"啊，所以你现在'要去见一个女孩'？"

"托尼，"莱昂内尔抨击道，"看在老天的分上。"

"怎么？马特·达蒙在电影里拒绝工作时说的就是'我要去见一个女孩'。"见没有人应和，他又说，"我是被静音了吗？我真是个冷场王。"

"好了，淡定。"莱昂内尔可不想看到托尼拿锤子猛击敏感

[①] 打高尔夫球的水平达到美国业余锦标赛比杆赛参赛资格球员标准的业余球员。

的索菲,"很高兴见到你,索菲。还有小伙子们。"

索菲的双腿垂在杰克的两条腿之间,杰克正望着火车窗外。黄色的城镇无声地划过。和莱昂内尔交谈后,他们很快就离开了那座顶楼公寓,全速冲刺才赶上晚上9:01回纽黑文的火车。去中央车站的拥挤地铁车厢中,她和杰克几乎没说话。此刻,坐下来之后,高跟鞋的红色X形绊带箍得她脚踝酸疼。她抚摸着脚上的伤口,这个夜晚毕竟还是留下了印记。在杰克的那位贵人面前,她连一句完整的话都说不出口。那人给了杰克一份工作,在他身上投入了那么多时间,以及无价的巨大的信任。但杰克了解她个性中的那一面,对吗?他了解她的方方面面。那他为什么还会表现出如此震惊的样子?

"杰克?"她小声叫道。

他的疏远显得很古怪。夜行列车发出洗衣机一般的轰隆声响。

"世界上最重要,却最不被人理解的事物是爱?"杰克摇着头。他从没听索菲说过那样的话。这句话困扰着他,就像雪景玻璃装饰球中的雪花,一直飘飘洒洒,永远无法降落。

"杰克?"她又叫了一声。

她用手指戳了他一下。

他吓得一缩。

"怎么了?"他问。

"你怎么了?"

凑近看去,他的睫毛很柔软,从眼角到眼尾,长度全都一样,一如他打理得一丝不苟的头发。她想亲吻他的眼皮,但感觉气氛很奇怪。他转身重新望向窗外,夜色中的城镇宛如鬼镇。

"向其他人介绍你的时候……"他一直将双手搭在她的膝头,侧影轮廓清晰,"我看到的你和其他人眼中的你一样,你知道吗?"

"什么意思?"

"我不知道。"

"不,你知道。"

"自打我们相遇以来,你变了许多。"

说出这句评断之后,他才拼凑出事实:她已经没有追随马尔奇克教授学习。她没有选择任何高级课程。她只登记了"导论"类大课,而且似乎对任何一门都没有兴趣。消遣时她不再阅读物理学书籍。她以前可是想弄清宇宙奥秘的。"世界上最重要,却最不被人理解的事物是爱?"她的梦想是何时消失的?

"每个人都在变。"她说,"我们在成长。"

"是。"

他忘不了那句话。

"但你说的那句关于爱情的话呢？"

"尼古拉·特斯拉说过：'如果你的恨能被转化为电力，那它将点亮全世界。'"这是她在大一读到的一句话，"那么爱呢？爱有怎样的能力？一些最好的思想者已经开始研究将爱作为一种能量，或者将爱作为一种力量，但目前还没有人取得突破。与此同时，有很多研究都聚焦于爱会怎样改变人们。"她读过人们为了所爱之人能克服瘾症，跨越遥远的距离，等待许多年，忍耐身体和精神的改变。每一项伟大壮举的背后，似乎都有一份伟大的爱。爱所具有的某种能量能驱动人们追求更高层次的生活。"这是一个渴望被人所了解的领域。我以前经常想到，我应该成为做这件事的人。"

索菲记得那段时期。是大一的时候，她和杰克坠入爱河——她终于感到自己被人接受了，感到一种难以想象的平静——她开始相信，爱是宇宙中最有力量、最重要的事物。她努力地想要理解它，于是开始阅读能呼应她的感情的诗歌。但一段时间之后，与人切实相连的感受让她如此满足，她失去了欲望，不再想要领会爱的力量。她满足于一份简单的生活。

在听她讲述期间，杰克却紧抓着"以前"这个词。他紧紧捏着她的手，感觉很难过。这一切是他造成的吗？她原本拥有与他同样的激情，同样的智慧，但它们却没有激励她达成目

/ 123

标。他一直都爱她的思想，但自我意识的缺乏却导致她没有运用她的思想。

"你快乐吗？"他问。

"当然！"她露出微笑。

"如果她阻挡你追求梦想，那她就不是对的人。"可如果是他在阻挡她追求梦想呢？杰克第一次想到他们可能会分开。这个想法钻入了他内心深处。索菲给予他的是完全的亲密、陪伴、自由，而他却只在一心追求自己的目标。她已不再像过去那样追寻她自己的梦想，但她明白那是怎样的一种需求。想要做重要的事、特别的事，想要付出一切来追求那样的梦想，她明白那种渴望，因为她自己也是一样的。他们就是明白，他们是切实相连的，他们扎根在彼此的习惯之中。她几乎总是在他的身边，总是在他的心里。他能忍受再度回到孤身一人的状态吗？在尝试过与他人融为一体的感受之后？

在杰克所有关于未来的想象中，他们的家庭占据着核心地位。他们不曾制订任何计划，有的只是梦想。有那么一两回，他们躺在床上，她的头发刚好散落在他的胸口，像是给他的躯干画了一条腰带，暖乎乎的。他挑起一缕头发，放在自己的嘴唇上，想象着他们的儿子的模样。杰克建议给儿子取名法比奥，她却坚持要叫莱戈拉斯。这两个名字都逗得她大笑，她假装讨厌，却很难忍住。他喜欢她的笑声，余生每一天都想听到。他们会永远在一起，他们都不曾怀疑过这个事实。他们还聊过，等年纪大一些，他们可以到纽约生活，离父母近一些。他现在工作越努力，以后能分享的就越多。他真的相信，眼下的情况只是暂时的。终有一天，他们会装饰房屋——但在那之前，索菲要做什么？在向她索取的时候，他能给予她什么？

"怎么了？"她问。

"我如此爱你。"

"我知道。"她看起来迷惑不解的样子。

"我可能只是累了。"

检票员在他们的车票上打了孔，然后走到下一排顾客身旁。

"我只是需要休息。"杰克说。

她亲吻他的大拇指。

"你能给我讲些东西吗？"他问。

她露出喜悦的神色——只有在最亲密的时刻，他们才会这样对话。杰克靠在她的肩头，她在脑海中翻阅外太空的影像。她想象着三千三百万光年以外的那颗行星，表面覆盖着燃烧的冰层；接着，从哈勃望远镜里看到一亿光年以外的绿色和品红色云层，那里的物质密度如此之大，一汤匙就有十亿吨重；之后出现了好几亿颗行星，上面都有足以支撑生命诞生的条件。索菲追溯着杰克手上血管的纹路，那些巨大、壮丽又奇怪的影

/ 125

像开始消退。在宇宙空间的这颗小小蓝色光点上,在他们短短人生中这微不足道的时刻,她只想体会与他在一起的感受,不想思考除此以外的任何事情。她紧贴着他温暖皮肤的指尖就是她的整个世界,她的脑海中只有触摸的感觉。

"想知道一些关于触摸的事情吗?"她提议。他点点头。"美国人触摸彼此的次数比其他国家的人少许多。比如,在法国和拉美国家,人们在公共场合每小时要触摸彼此好几百次。"

"我感觉我总是在触摸你。"

他们的四只手变成了焦点。

"我们两个是例外。"她感觉杰克的情绪正随着自己的一字一句平静下来,"在美国,情侣们每小时触摸彼此的次数少于十次。与此同时,有20%的情侣感觉不到爱。我认为触摸是解决方法的一部分。两个人触摸彼此能缓解紧张情绪,压力、心率和血压都会随之下降,恐惧和痛苦的感觉都会减轻。拥抱时间的长短和免疫系统运转的好坏实际上是相互关联的。"她抚摸着他的手,"不过关于触摸,我最有趣的发现是,它共享的一面。你触摸他人的同时也会被他人触摸。你被他人触摸的时候也会触摸他人,它对双方的好处是一样的。所以,如果我在触摸你,或者如果你在触摸我,那这个动作对我们两个人所发挥的作用是一样的。就像牛顿第三定律:每个作用力,都有一个大小相等、方向相反的反作用力。"

"法比奥会和你一样聪明吗？"

"什么意思？"

"还是说，他会像我一样愚蠢？"

"你才不蠢。"她抚摸着他的手臂，同时也在被他抚摸。最后，她感到他放松下来，但他的平静还太新太脆弱——现在还不是时候，不适合提及她下午遇见马尔奇克教授的事。

数小时前，彼得看着方形的千层面，却想起了索菲。面皮的圆齿边成了他投射记忆的屏幕。这天下午，他看见她从一节物理课上退堂，在走廊里站了一小会儿。他们上一次交流还是她大一那年春天给他发的那封邮件——我不能来上课了。他们之间只隔了几步距离，感觉却无限遥远。她身穿一件黑色的耐克T恤衫，衬得她的牛仔短裤越发地短。完全不是她过去的穿衣风格。她挥了手，但没有打招呼，离开时T恤衫在风中鼓胀飘动。

他们是怎么陷入这种僵局的？他以前经常想象坐在前排参加她的菲尔兹奖颁奖仪式。现在，他只能通过小道消息得知她的情况。她显然是来参加电学与磁学期中考试的，但来得太迟，没能做完。科塔克教授有时会发现，索菲在研讨课途中走神傻笑。她是嗑药了吗，麻醉剂？她失去了雄心壮志，真是令人震惊，就好像所有那些亟待解决的问题，她都已经弄清答案，很满意现在毫无激情的生活。在这期间，彼得回到了认识她之前的生活，只能猜测她的心思都去了哪里。

但是，通过这个下午的偶遇，彼得确定了一件事，她在谈恋爱。那件T恤显然不是她的。他不停地回顾看见她的情景。她当时就像一只被黑盒子盖住的烛花剪，以前的她年轻得多，也靓丽得多。

班吉切开了他的千层面。

扎克在咀嚼蔬菜沙拉。

彼得几乎没注意餐桌旁的家人。取而代之的是，他在根据索菲的衣着推测她约会的时间长度。她下午那会儿是在去约会的途中吗，是对方要她逃课的吗，对方也是一个奇才吗？

"今晚不去见蕾切尔？"玛吉问。

班吉摇头。

"我们分手了。"他说。

扎克停止咀嚼。

玛吉放下叉子。

蕾切尔是班吉的女朋友，去年她几乎每天放学后都会过来。就连彼得也喜欢她。每次只要班吉在家里说了蠢话，她都会打他，所以彼得很喜欢她。"融化的奶酪是食物还是饮料？"啪。"说真的，我根本不用嚼。到底是什么？"啪。

彼得感到错愕，他还在想着索菲的事，担心他刚刚才发现的那段恋情。他想象着那件耐克T恤的主人像班吉离开女友一样无情地离开索菲的情景。他感到愤怒。

只有班吉还在不住嘴地吃。

"老兄。"扎克叫道。

"怎么了?"

"发生什么事了?"扎克问。

班吉绷直手指拉过脖颈。

"班吉。"玛吉的语气充满责备。

"回答他的问题!"彼得厉声说道。

所有人都扭头看向坐在餐桌上首的他。没有人知道他一直在听他们的谈话,更别说还投入了感情。他面前的千层面一口未动。此刻,他看着班吉,思绪回转过来,激活了他的眼睛。

"发生什么事了?"彼得又问了一遍。

"老兄,你想要我说什么?"班吉问,"你想让我讲我和她之间发生的事吗?"

"是的。"

"可是连我自己也不知道。上一分钟,我们还在约会。下一分钟,感觉就变了。"他耸耸肩,"我现在能继续吃饭了吗?"

"她还好吗?"彼得问。

班吉眨眨眼睛。父亲很少关注他,每当关注他时,一般都会提出一个烦人的是非题。

"我不知道。"班吉说。

"你太冷血了吧,老兄。"扎克说。

"每个人的处理方式不一样。"玛吉轻声说。

"我已经和她约会一年了。实际上不止一年,因为她送了我周年礼物。我想说,我想请一天假。"他拿起一只番茄酱空瓶对着盘子挤,发出一声长长的类似放屁的声音,但什么都没挤出来。他再次用力挤。"妈,这瓶番茄酱用完了。"

彼得将盘子往前推。

那天晚上,玛吉和彼得并肩在水槽边清洗碗碟。玛吉将盘子一只一只地冲洗干净,放进洗碗机,彼得在擦洗做千层面的平底锅。他用刷子转着刷洗,索菲的那件 T 恤衫浮现在泡沫上。

"我知道你为班吉和蕾切尔的事感到难过。"玛吉说道,她身后洗碗机的门后像在下雨,"我也难过。但他们不适合彼此,他们都会找到更合适的人。这种事常有。"

彼得擦得更用力了。

"她会没事的。"玛吉说。

"你不知道。"彼得想的完全是另一件事。他不确定索菲会不会没事。她那个年纪的男孩——班吉的同龄人——可能很自私、粗心、愚笨。他不希望她被那些缺陷所伤。她以前总是很关注细节。碰到失恋这样的大事,她会做何反应呢?想到这一点,他就觉得伤心。他在冲洗锅里的泡沫时,心里一直在想的一个问题是:她选的那个人善良吗?

八

　　索菲站在办公室里，杰克的身旁，准备打断他的工作。他看起来那样遥远，像是透过望远镜看到的景观。

　　杰克无精打采地坐在新买的造型优美的椅子上，正在打字。他以前经常坐的是耶鲁大学发的一把木椅，但那是一把很硬的椅子，杰克赋予它的用途远超其设计考量范围。所以，几个月前的秋天，在帕丁顿实习了三个夏天之后，杰克买了一把七十九美元的替代品。这把椅子的椅背上有两块衬垫，中间的弧度能支撑他坐直身体，完成最新挑战。大四学年开始后，杰克就一直在为莱昂内尔管理二十万美元的个人资金，这是他有史以来一次性打理的最大份额。如果到毕业时，他的回报能超过标准普尔500指数[1]，那么莱昂内尔将选定他为种子选手，提

---

[1] 标准普尔500指数（S&P 500），记录美国500家上市公司的一个股票指数。

供一百万美元资金,供他开启自己的投资基金。所以这段时间里,杰克在那张椅子上工作的时间超过了他在床上睡觉的时间。此刻,他虽然身处索菲前方一英尺远的地方,感觉却隔着一光年的距离,沉浸在自己的国度之中,死一般的寂静,只有手指仍充满激情。他的全部生命力都集中在手上。

"杰克?"索菲叫道。

没有回应。

"杰克。杰克。"

他转过下巴,但目光并没有跟过来。

"嘿,抱歉。"

那天,杰克离开新椅子的时间仅限于去浴室洗澡,以及去餐厅吃餐巾包裹的食物。他近来一直在疯狂地忙于Yetsa公司的事,这家软件公司的股价在一个月内已经下跌了20%。Yetsa公司的股价开始下跌后,杰克度过了他的生日。时间是十二月一日,但他却将庆祝活动推迟了两周。少数几次离开这间办公室时,外面的空间让他感觉自己正在侵入一个不同的现实世界。每个人都如此缓慢,过于平静——甚至包括索菲。但今晚他承诺将时间留给她。他撑着桌面站起身。

"好了,我来了。"

杰克亲吻她的脸颊。

"你真好闻。"他说。

他走进公共区域，那里平常摆放着一张伊莎贝尔送的咖啡桌，一只装填着酸味糖粉的日式蒲团，以及一台迷你冰箱。此刻，那里只放着一张两人座的晚餐餐桌。椅子并排摆放。杰克牵起索菲的手，在朦胧的光线中，将她拉到自己身边，表情中交织着爱与悲伤。

"你真是考虑得细致入微。"他认真地说。

她不确定这句话是不是称赞。

他们坐下来。索菲已经忘记近距离观察杰克的身体是什么感觉了。粗壮的肱二头肌撑满了他拉链上衣的袖子。他每条肱四头肌的宽度都是她的两倍。她想起他们有一阵子没有真正亲吻过了。索菲将一只手搭在他的大腿上。她想念这副身体——他的身体，闻起来有一种精心维持的清洁感，包裹在耐克服饰中，到处都结结实实，还有形状独特的胸毛。不仅如此，她还思念他激活自己的身体的方式，他活动时带出的香味，他比任何人都热爱饭食的样子，他那样拼命地工作但还能维持体形的事实，他在脑海深处播放的老旧音乐，他两只结实的手搂着她的腰的力度。

"抱歉，我这段时间一直缺席。"他说，"Yetsa 公司……"杰克拾起仍停留在电脑前的意识。食物有意大利熏火腿鳕鱼卷、芝麻菜拌梨块沙拉，甜点是两只巧克力牛角面包，正等在一块白色餐巾布下。用餐时，他为她介绍了这次股价下跌所造成的危害。因为最近刚开始出现的神经性抽搐症状，他说话时偶尔会用手捂住眼睛。他提到在印度雇用了一位兼职分析师。

"我都不知道。"索菲说。

"是吗？我以为我告诉你了。"

她摇头。

杰克看着面前的空盘。

"你呢？"他问，"有什么新动态？"

"我接受了一份工作，明年入职。"

杰克扭过头去面朝着她。

"自由人公司。"她补充道。

"啊。"

这个消息让他感到不适。

他将盘子向前推。

"你应该进研究生院。"他干脆地说。

"什么？"她问。在她想象的未来中，到他们毕业时，杰克已成为种子选手。他们会搬去曼哈顿，研究生院不在那幅图景里。况且物理学领域最好的院校都不在纽约，而她只想和他在一起。她的工作只是一种谋生手段，无关心灵与梦想。

"我会一直工作。"杰克说。

"为什么说这些？"

他指着食物说："你懂的。"

"杰克。"

"你做这些食物用了多长时间?"

杰克以前从未这么拼命地工作过,因此将索菲的改变凸显得更加明显。索菲已经失去了所有前进的欲望。这样不对。她得到的东西应该比眼下已有的多得多——而那些东西只有她才能给予她自己。一段时间以来,他一直在忽视他对她所选道路的怀疑。现在,他已到极限,没有力量继续视而不见。

"你有天赋,但你却并未运用。"他说。

"不要告诉我,对我来说什么重要。"

杰克将面前的盘子掀到墙上,砸得粉碎。

两人谁都没有移动,房间里静如真空。

"索菲,醒醒吧!"他厉声说。

"怎么?"

"你怎么了?"他问。

"我很快乐。"

他思考着这句话。

"现在或许是的,但以后却未必。"他笃定地说,"你会后悔。现在你该利用你的时间做些事情。"

"我在做啊。"

杰克感觉他刚才说的话太过自大。他懊恼地紧闭嘴唇,想起去年索菲曾问过他:"你知道嘴唇为什么柔软吗?"当时他们躺在床上,她用手指摩挲着他噘成O形的嘴巴。索菲告诉过他,皮肤由三层组成。顶层皮肤——在别的部位一般又厚又坚韧——如纸一般薄,使得嘴唇表面很光滑。其中的神经末梢比身体其他任何部位的都多,因此也就高度敏感。嘴唇皮肤不生产黑色素,所以没有色素能掩盖真皮层里的粉红色血管。她记得她曾告诉他的所有信息,但如果只有他知道她的博学,那又有什么用?

"索菲,我爱你,"他说,"但我不想你与世界隔绝。"

"杰克。"她抗议道。

"这样的关系是在扼杀你。"

"宝贝。"

"不,有地方不对劲。"杰克抓起他的派克大衣,衣帽架嘎吱作响,像一棵落光了叶子的树。他重重地带上了门。索菲独自坐在那张二人餐桌旁。牛角面包依然被盖在桌子中央幽灵白的餐巾布下,已经变冷变硬。索菲走进卧室,躺在床上按下母亲的电话号码。

电话里传来响铃声。

索菲和杰克习惯于打开窗帘。以前窗外的景色总是吸引她偏离话题,开始谈论眼前的星座。不过已经有好一阵子,她没有告诉他任何事情了。杰克上床的时间比她晚很多。索菲看着雪白的月亮,感到很冷。

"喂?"伊莎贝尔在床上坐起身。

"妈妈。"

"亲爱的,出什么事了?"伊莎贝尔走出卧室,索菲的爸爸仍在熟睡。她感觉这通电话与杰克有关。

"杰克离开了。"

伊莎贝尔走进图书室。

"我们吵了一架,"索菲继续说,"他说我应该去研究生院,他认为我在浪费我的生命。说完他就出了门。我不知道他还会不会回来。"

"他当然会回来。"

"我从没见过他生这么大的气。"

索菲强忍住泪水。

"你在哪儿?"伊莎贝尔问。

"在床上。"

"深呼吸。"

"我该怎么办?"索菲问。

伊莎贝尔从不为女儿提供恋爱建议。但她给索菲讲过爱情,从睡前故事里第一次出现这个词开始。"生命就在于你的爱有多深,以及让他人来爱你。"在天花板上的穹隆图案下,这句话她一定对索菲说过几十次。现在,索菲想听更具体的信息,想听到关于杰克的建议。

伊莎贝尔第一次见杰克是大一寒假到学校接索菲时。看到他们两个在一起的样子——两人的身体总有一个地方贴在一起——就像在观看超声波扫描检查中的心跳画面，不容置疑很有活力。他们之间存在着一股可感知的力量，使得空气中充满了一种能刺痛她身上最轻柔的绒毛似的东西。伊莎贝尔见到杰克后，就理解了他们两人之间的关系。杰克回应伊莎贝尔的目光如此耀眼，如此明确，几乎让她无法呼吸。

那让她想起——

"妈妈？"索菲的声音哑了。

"我也曾心碎过。"听到索菲哭得更凶，伊莎贝尔才意识到，她真的说出了那句话。她揉揉眼睛赶走睡意。"我不是说你现在也面临着和我以前面临过的同样的状况。我只是想说，那种痛苦……我很熟悉。"

"你当时发生了什么？"

伊莎贝尔听出女儿的声音平静下来。信息总能安慰索菲。杰克似乎也有一样的个性。

"我当时的年纪和你现在差不多。我们恋爱了几年，之后他离开了。"

"为什么？"

"没有任何问题。"伊莎贝尔几十年都没讲过这个故事，"需要时间理解。我现在仍然不能确定。我想当时我们停止了成长。我们没有前进，不管是一起还是各自分别。"伊莎贝尔大声说出了自己的想法，"我认为，年轻时的爱情是自私的。它意味着'你是我的。我们必须在一起。你必须回应我的爱'。或者也有可能那只是一种激情。"伊莎贝尔当时的男友艾登是个画家。他们几小时又几小时地待在一起，然后延长到几周又几周，一起参观纽约的美术馆。直至今天，她路过美术馆时，偶尔会像当时与艾登在一起时那样走进去参观。艾登离开后，伊莎贝尔试过给他打电话、写信，迫切地请求与他交谈，问他接下来的两周能不能抽出五分钟时间。"这件事教会我，你不可能强迫一个人爱你。某个人要么会选择你，要么就不会选择。你能控制的只有你自己。"

"你不明白。"

"明白什么？"

电话那头一片寂静。

"索菲？"

索菲哭得更绝望，谈话无法继续。她的痛苦是如此可感，就像有人锯掉了她的右手。伊莎贝尔早已相信，越聪明的人，感情就越是深刻。索菲之所以会离开，从来都不是因为冷漠，而是因为感触太多。此刻，她满身伤痕地躺在那里，她的神经过于敏感，以至于她头脑里一片混乱。伊莎贝尔希望能替女儿承受那份痛苦。但她只能接受事实，她能帮到的最大的忙，就是倾听。

索菲醒来时,杰克刚上床。床垫被他压得沉下去,他将她拉到自己身边。他们拥抱,他的心跳让她的胸膛也跟着震动。

"我爱你。"他说。

"我知道。"

他触摸着她的外耳轮廓,然后是耳垂。索菲没有打耳洞。她也没考驾照。她不喝酒,因为不喜欢酒的口感。大一那年,有一次他们爬上科学山,漫步在挂满糖果、苹果和红色装饰物的树木之间,她问他是否准备玩"不给糖就捣蛋"的万圣节游戏,全然不在意他们已过了玩这个游戏的年纪。他爱她的这些细节。但片刻之前他在校园里转悠时,很难不去想,他这是在伤害她。他想起他们初识那天她的模样:发丝光亮,思想迷人,虽然充满潜力与力量,但在询问他的日常生活时却如此谦卑,而且非常关注他的回答。没有人像索菲一样好。走过巴斯图书馆时,他决定不再阻碍她。

"我是认真的,我爱你。"他说。

"我知道,杰克。"

"哪怕表面上看不出来。"

杰克展开了最后的努力,为了让索菲重拾旧梦。他将《时间简史》《时间悖论》堆在一起，希望能点燃她的热情。他订阅了《物理世界》杂志，一期一期地放在她的椅子旁边。每次从长时间的专注工作中回过神来，他都希望它们能提醒她想起她过去的模样。

大量的工作的确让他感到劳累，但每当那时他都会想起他这么做的原因，他希望他们能拥有一切。他想象着他们的未来。他或许将有关法比奥的玩笑听进了心里，因为想象着回到家里能看见索菲和他们的儿子。在他的脑海中，三十年后驾车回家的画面已经发生过几百次了。在他的想象中，那是日落时分，天空一片绯红，他们的房子是索菲老家住的那种，周围都是树林。从图书室的黄色窗口能看见她的身影。这幕场景中没有儿子，但他存在。索菲看到杰克走上门前台阶，脸上露出微笑。那画面如此清晰，杰克甚至能数清草坪上树木的数量。他甚至能感受到温度，是温暖的。他以前的想象从来没有温度感受。

向前看这个动作让他一直前行。

但索菲没有改变。

她平静到让人觉得虚弱。

慢慢地，杰克不情愿地意识到，他会离开。

他感到沉闷，无力。

想象未来变成了一件极其悲伤的事。

从那时起,他们的亲密时刻总透出一种"最后一次"的感觉。当他们同处办公室时,他是疏远的,但当他们身体相拥,摒除了阻碍和干扰时,他的全部注意力都集中在她身上。这样的时刻,无论发生得是快还是慢,都让人无比陶醉,其中蕴含的细节比普通生活要好得多。他投入了全副身心。他努力地记住她。

毕业前一周的周五晚上,杰克坐在他那把造型优美的椅子上,接到了最终来电。手机屏幕上莱昂内尔的名字让他猛地坐直身体。索菲从她的椅子上起身走过来,手里拿着一本《乌有乡》,是尼尔·盖曼写的一本都市幻想小说,她把拇指插在里面做书签。彭博终端程序的窗口显示,杰克管理的投资组合价值为二十三万八千八百美元十三美分,九月以来涨幅为19%——比普尔标准指数的13%高许多。终于,莱昂内尔承诺培养杰克,两人就接下来的举措达成一致意见,包括杰克计划到帕丁顿公司对面租赁办公室。索菲的笑容衬得夕阳都更灿烂了些。

杰克挂断电话后愣在那里。索菲忘了手里还拿着书,最后书掉在地上。她抓着杰克的胳膊又蹦又跳,杰克却站在那里没动。

"杰克!"她叫喊着,"我的天哪!"

她紧紧地抱住他,将他推到他的椅子上。她落在他的腿上,亲吻他一边的脸颊,然后还亲吻了他的耳朵,因为这不可思议的成绩而激动不已,甚至连动作也显得笨拙。杰克正在实现他的梦想——这难道不是让他变得更迷人吗?其余还有谁考虑得像他那样多?她从不曾怀疑他。在这期间,杰克没有动,强壮的身体麻木之后,他才开始说话。莱昂内尔在他想要开始行动时为他开了绿灯,所以下周开始他要在纽约全面展开工作。

"我们住哪儿?"她屏住呼吸问道。

他顿住了。

"我不知道我们住在一起能不能行得通。"

"什么?"

"我会一直处于工作中。"

她依然是乐观的语气。

"但如果我们不住一起,"她继续说,"那我就永远也见不到你。"

杰克环抱着索菲。

事实上,一周以后,等他们毕业,他就会和她分手。他无法过早地提出这个想法。在这套房子里,他们每天都如此亲密地生活在一起,分手是不可能做出的决定。况且,他们这个位于伯克利的家太过坚实,无法被摧毁。他们在这里已经太过亲密地生长在一起，无法扭转势头。这个地方将永远属于他们两个人。

"那样不公平。我以后回家都会是在午夜，然后还要继续工作。如果沉浸在思考之中，我就不会注意到自己是否在为他人制造麻烦。我还是趁早离开的好。"都是实话，但并不完全，"你值得更好的对待。"

"你是认真的吗？"

他点点头。

"对不起，那些东西我给不了你。"

索菲完全没有防备。她的双臂依然搂着他的脖子，她试着思考他们将分开这件事。他真的认为，他们应该远离彼此吗？她想的是，哪怕他们支付两份房租，她还会去他那里过夜，他也会去她那里。他们会将衣服留在对方的衣柜里，在盥洗台留一把牙刷。他们两个在一起的地方才算是家。他是她躲避其余所有人的避风港。在这期间，杰克没有说话。他似乎已经对此下定决心——而她相信他。

"只是暂时的，对吗？"她想弄清楚。

他感到内脏疼痛。

"是的。"

"等工作稳定下来，我们就一起住？"

"是的。"

她终于点头同意了。

"对不起。"他说。

"我知道。"

杰克将他的基金会命名为奥林匹斯资本——源于火星上的那座山[①]。

索菲去了布鲁克林的一家工作室。

他们靠发信息来计划见面时间。

五月底的那个夜晚,杰克一直要忙到晚上九点。他计划之后继续工作,所以就将见面地点约在他的公司附近。那天是周二。索菲在威廉斯堡的家中一边吃晚饭,一边读《遗忘之海》——那也是一本都市幻想小说。她刷完牙,乘坐地铁回到曼哈顿23街,心里激动不已。自打毕业以来,他们还不曾见过面,毕业时他似乎比她预想的要更难过。照相时,他本该看伊莎贝尔的手机镜头,却一直透过学士帽上悬挂的黄色流苏看着她,他的神情一反常态地充满悲伤,一副过度怀旧的样子。

她向麦迪逊广场公园走去。天空是黑的,但城市里却灯火璀璨,就像是有人偷走了所有的星星,将它们都堆叠在摩天大楼之中。她准时抵达,坐在公园里的一张长椅上,仰望二十楼

[①] 奥林匹斯山(Olympus Mons)是火星表面最高的火山。

杰克公司的那排窗户。幸亏这只是暂时的状态。他现在要夜以继日地工作，开展他的业务，然后他们就能找到时间共处。看到杰克走出大楼，她露出了微笑。他趁两股车流之间的空当，小跑着过了街。

索菲站起身。

他们拥抱在一起。

"嘿。"他说。

"嗨！"

他们隔着一段距离在长椅上落座。

索菲朝他靠近。

"你还好吗？"她急切地问。

"我很好。"

索菲不相信他，自从他们相识以来，这是第一次。

他用力拧绞着双手，脸色看起来苍白——他以前从来不这样。对于生活在梦想中的人来说，他看起来瘦得奇怪。她伸手捧住他的半边脸颊。他向后退让。

"我想，我们应该暂停一下。"他说。

"什么？"

"这件事我已经考虑一阵子了。对不起，索菲。你和我在一起，放弃了自己的太多东西。你太在乎我们两个人的事。"他的语速很慢，用词也很谨慎，"从我们相遇的那天起，我就一直在想着你。我知道我们想在一起,但你为此付出的代价太过高昂。我不能夺走你的梦想。"

死一般的寂静。

"但这甚至不是问题所在,事实是,我们都见不到彼此。"

"如果住在一起,我们就能见面。"

杰克喜欢她的直接。但他无视诱惑,没有同意,而是直视着她。这几周他一直在这样欺骗她,知道这一晚终将到来。她的T恤前面有一只小小的绒球,像是兔子的尾巴。这是她从大一那年就开始穿的衣服,经过清洗,现在绒毛只剩下少量几绺。

"暂停多久?"她问。

"我不知道。"

"你是在请求暂停,还是要求暂停?"

"什么?"

"因为,如果你是在请求,那我说了,不同意。"

他没有说话。

"暂停是什么意思?"她追问。

"意思就是,我们不会在一起了。"

索菲哭了起来。

"对不起。我想不到其他的办法。"他更用力地拧自己的手,皮肤的弹性已被按压到极限,"你有没有发现,现在有多少时间是属于你自己的？你想做的每件事——你仍然想做一些事，我知道——你都可以做。这对于你也是一段关键期。现在是该为我们的余生做准备的时候。"

"你凭什么替我决定什么是对？"

"因为我了解你。"

"显然不是。"

"索菲。我在为你考虑。"

你。索菲的注意力集中在这个字眼上。大四那年，她和母亲谈起杰克时，母亲也曾说过："你不可能强迫一个人爱你……你能控制的只有你自己。"但从大一开始，索菲就没想过她和杰克是独立的两个个体。从那时起，他就和她混在一起。他出现在她所有的习惯、爱好之中，是她所了解的人，出现在她的自我意识之中。她一直以为，他们会待在一起。你？独自一人的她是谁？

杰克换用其他方式解释了他的决定。但他的选择依然不变。

她最终接受了。

"好，暂停。"她承认道。

"我爱你。"她补充道。她一定有第二条喉咙，因为这些话像是源于她体内比肺叶更深的某个地方。

他们站起身，拥抱在一起。

索菲亲吻他的脸颊，然后步行返回地铁。

暂停？

索菲失声痛哭，脚下的人行道像灰色的鳞片一般连续后退。她身处世界最大城市之一，周围都是人，但在这人潮中，却没有一个是她的人。她和杰克之前的关系，不只是约会而已。他是家人。他们不再是一个家庭了吗？她依然能感受到他们之间的爱，这一切为什么会发生？刚才在长椅上，他没有回应她，他没有必要去做。她知道他的感受。

与此同时，杰克手握手机站在大堂，那是他与她最后的联系。他该发信息说些什么吗？没有任何痛切的感觉，而且他不打算改变心意。于是他将那冰冷的机器揣进口袋，走进十字转门进入直梯。他的胃里在酝酿某种可怕的东西。索菲告诉过他：肠胃是"第二大脑"，里面的神经细胞比大脑还多。"你知道，我可以谈论这些，谈论生物学的各种事情。"有一天晚上在床上的时候，她说，"但那不是全部意义所在。我们由数十亿细胞、数百万进程组成，但要理解我们并没有那么难。我想在一天结束之时，我们所有人想要的，都只是一份连接，以便我们能知道，我们并不孤单。"他看到他们未来的家，仿佛真实存在，或者有可能存在那般，她就坐在图书室里阅读。但现实中，他走出电梯，朝奥林匹斯办公室走去，他认为眼下最应该做的事，是工作。

九

一年后的这一天,索菲在黎明时分步行前往麦迪逊广场公园。街道上空荡荡的,只有一个跑步者和一个牵着三只哈巴狗的遛狗人。人行道上的平行线条仿佛在前方相交,给人一种距离很远的错觉。没有过街行人,红绿灯仍在闪烁。

她还是睡不好。时间已经过去一整年。进入公园,她独自坐在事情发生的那张长椅上。她觉得他就在身边,比每一天的感觉都更强烈。人们会将自身的碎片留在去过的每一个地方吗?晨光将空气点亮成蓝色。最后她从大衣口袋掏出手机,打开"经典作品"歌单,播放列表末尾的曲目,是雷·查尔斯的《我心中的乔治亚》(*Georgia on My Mind*)。时间标识表明,他几天前才把这首歌加入列表。

索菲将这首歌又播放了一遍。算是一首欢乐的歌,还是悲伤的歌呢？是有史以来最令人伤感的旋律，还是她自己的心情投射？也许杰克是为她添加的这首歌，他想起了她。或许她就是他的乔治亚，是他心里一直牵挂的家。她捂着肋骨下方腹部的柔软部分，那样的可能性就像是解药。她也想念她的乔治亚。

"你好吗，索菲？"第二天，爱丽丝·怀特医生问道。她们的治疗已有一个月时间，感觉如此漫长。开始见面以来，索菲一直很少说话，但她似乎很想发言。每周她都准时前来，坐在离怀特医生的座椅最近的那只沙发上，紧挨着扶手。她突然难过地拧起了眉头，两根手指按在嘴唇上，然后又将手垂落到喉咙上，显然是在关注自己的声音，虽然她并未发声。怀特医生背后的墙上悬挂着她的哈佛大学精神病学学位证书，她继续尝试，想要厘清索菲心里的结。

索菲没有出声。

"你在想什么？"怀特医生问道。

索菲拉扯着黑色耐克帽衫的一条抽绳。她并不是故意要表现得这般难以相处，她也想理解自己。一直闪回有关杰克的记忆，对她的日常生活是一种干扰。感觉那些并不是普通的记忆，它们控制了她全部的五感。上一秒她还在去上班的地铁上，因为污浊的空气而呼吸不畅，下一秒她就和杰克并排坐在食堂，呼吸他的气息。就像一个清晰的梦，但能感受到身体的真实触感，而且细节翔实。她能数清他碗里的脆谷乐麦圈的数量，她能感受到照进伯克利窗户的阳光的温度。她真的在那儿——但如此短暂，而且从来不会失去现实的轨迹——就好像她同时身处两个时空。

父母早就送她去看过全科医生，想弄清她的身体是不是出了什么问题。他们想弄明白的，不只是她的"幻觉"——那是他们的说法——还有她的体重减轻、面色苍白，以及她的手为什么一直往腹部滑。索菲一直抱着小腹，就像是在提醒世界注意绦虫。所有的检测结果都表示，她很健康。

"上一回，你提到'灵魂伴侣'……"

"我说的是，我当时正在阅读相关的研究。"索菲纠正道。

白天在自由人公司，她一直在阅读诗歌，寻找别人如何描绘她此刻正在经历的处境。鲁米写过："只用眼睛相爱的人才会分开。因为对于那些用心和灵魂在相爱的人来说，这个世界没有离别。"那篇文章像是一条线索。精神病学还能补充些什么？她为什么会在一瞬间回到过去，以某种方式横跨当时和现在两个时空。

"对。"怀特医生说，"然后你问我是不是相信灵魂伴侣。"

"是的。"

"我当时说，没有证据表明有灵魂伴侣这种人存在，我还想再补充一些东西。'唯一''真爱'——我重新浏览了文学作品中的这类词。"怀特医生探身凑近一些,但声音很温柔,担心会吓得索菲缄口不言,"研究证明,相信灵魂伴侣的人实际上更容易分手,更难维持恋爱关系。因为他们认为,适合他们的人只有一个,于是他们不停地问自己:是他吗?这个人就是我的'唯一'吗?更好的办法应该是问自己:我该怎样才能让关系变得更好?当觉得自己有能力改善关系时,人们会更快乐。人们的思维模式应该是在成长中,而非恒定不变。"

"我认为灵魂伴侣的想法并不会伤害人们。"

"唔。"

她试着吸引索菲多说话。

停顿时间像滚雪球一般快速加长。

"是这样,"怀特医生让步道,"如果人们认为自己已经找到唯一之爱,那么灵魂伴侣的想法会增加他们向前走的难度。"看到索菲理解的样子,怀特医生瞪大眼睛,继续谨慎地说下去,"让分手情况更加复杂的是内向型人格。相比其他人,内向的人卸下防备所需的时间更长。然后,在一段亲密关系中,内向者会觉得不再孤单。她找到了陪伴、激情、深度和信任。当那样的关系结束时,她——或者他,抱歉——在过渡期没有可依靠的亲密朋友。她缺少自己所需的情感支持,因为她所经历的关系更少。"

索菲用手指在宽松的牛仔裤膝盖上捏出了一个帐篷形状。

"我们为什么要谈论这个,索菲?"怀特医生问。

"他……"索菲声音嘶哑,"我们在一起四年。"怀特医生没有做笔记,也没有以任何方式打断她的话。"他要求停止。我从那以后就没听到他的消息。我记不清,应该有一年时间了。"一年零一天。"我们没有在一起,但……我知道我们在一起。没有证据,我就是知道。如果回顾所有的事实,我同意你说的每句话。我不知道该如何判定我在谈论的是什么,我只知道我们在一起。不是在平行现实,而就在这一个现实中。虽然看不见,但确实如此。我现在还不知道该如何证明,但他和我在一起。我就是知道。"

"你感觉他在你身边。"怀特医生重复道。

"是的。为什么会那样?"索菲等待着她的答案。

怀特医生握着笔。

"他在我喜欢的每一件事物中,每一个地方,每一首歌中。我为什么会在纽约城。我看不见我和他不在一起的样子,我经常会闪回和他在大学的生活。那些都如此真实。"索菲将手指举到眼睛的高度,搓动来强调那些影像的真实可触。"我被运送到那些与他在一起的时刻,就好像过去再度重演,或者就好像它们永远都不会停止重演。我同时身处两个地方。我不明白。"

"分手可能造成精神创伤。"

索菲感到畏惧。

"我是说，停止可能导致……"怀特医生更正措辞。

"我发生什么事了？"

"研究表明，冲击可能会是生理性的……"

索菲的胸膛因为呼吸而不规律地起伏。

怀特医生列举出抑郁发作的症状。

"为了重新过上健康的生活，第一步是要有这样的欲望。前进真的是一个选择。研究表明，重获爱情不只是有可能，还非常普遍……"

索菲咽下她的不赞同。她不是在尝试感觉良好，她在尝试理解。她需要谈论这件事，跟某个正在寻找答案的人，而非某个认为她有答案的人。索菲从未向他人解释过她的感觉。

"怎么？"怀特医生问。

"没事。"索菲撒谎。

怀特医生在拍纸本上敲敲笔。

"索菲，"她又试了一次，"怎么了？"

索菲擦了一下眼睛。

"抱歉，我不该来这儿。"

"你想要帮助吗？"

索菲用手挡住眉头，反而露出短短的指甲被啃咬到根部的景象。粉色的指甲裂成两半，中间有一条细细的血线。

"索菲，你在自残吗？"

索菲藏起她的手。她知道怀特医生必须汇报任何严重的自残行为，这样一来，她的提问就像是清单上的检查项目。索菲突然想和马尔奇克教授谈谈，自从大一秋天以来，她这还是第一次有这样的想法。他不会生硬地划掉清单上的项目。在她认识的人里，似乎只有他渴望新范式，愿意忘却所学，就好像那些发现滋养了他的心灵。她的理论越是奇怪，他就越是满意。

"索菲？"怀特医生叫道。

索菲捂住眼睛。

"索菲，你想让我帮你向前走吗？"

不。索菲摸摸她的小腹。她的痛苦是一种信息。她只需要理解，但或许那样的事不会在这里发生。她环顾房间四周。在她就座的沙发旁边，有一盏灯柱很细的落地灯，撑出碗口大的一片淡淡光芒。灯光勉强照亮咖啡桌上的一盒纸巾，旁边摆放着两本精装书：医学博士爱丽丝·怀特所著的《养育一个神童》和《天才儿童的内心世界》。答案，答案，答案。

索菲站起身。

"索菲……"

"抱歉，但我必须走了。"

坐地铁回家的路上,索菲在想该怎么联系马尔奇克教授。他们已经有四年没联系过。他们真正共处的时光是因为她的退出而结束的,她一点一点地撤退,最后她在上课时明显表现出缺乏兴趣。她需要再多做些自己的工作,然后再联系他。她需要证明,她承诺解决这个问题,这并非一时冲动,而是可靠的、持久的。

这时候,在她前面的座椅上,有个刚学会走路的孩子,在玩一个形如多节绿虫的玩具。男孩又折又扭,将虫子弄成不同的弧线。她被这定格一般的画面所吸引,一路观看,直至到站下车。

她或许就是在那时想到的那个主意。

十

彼得紧抓讲台，面前的讲堂是空的。他刚刚沿着讲堂的墙边慢慢踱步，走了得有半英里的路程。这是他收到索菲的电子邮件——主题：物理学博士——以来一直在等待的时刻，索菲在邮件中说她将于今天入学。

她显然有新想法要探讨，而且将在今年秋天上他的时间理论课程。她"期待着"能在教室里见到他。读完邮件后，他立刻用谷歌搜索了她的信息。毕业后的四年里，她只在自由人公司管理库存。但是她这段时间里在思考什么呢？爱因斯坦也干过远低于他能力水平的工作，在专利局当职员，但在那期间，他也在继续推进相对论的研究。是单调的工作解放了她的思想吗？目的是什么？过去的这一周，彼得一直在留心周围的人，在每一张面孔上寻找她。新学年刚开始几天，这一次他感觉到

/ 159

一种初露头角的能量。

第一个学生慢慢走进教室,他猛地抬起头,不是她。

他能认出她吗?

接着——

是索菲吗?

她清瘦的脸颊逐渐收细,变成一只尖尖的下巴。她的头发稀疏了,也更软了。她以前总是脸色灰白,现在肤色几近透明。她穿着一件连帽衫。

她虽然像是过去的一件等真复制品,但与此同时,她也给人一种特别脆弱的感觉。耶鲁大学没有改变,他们过去生活过的伯克利学院依然占据着半个街区的面积。斯特林图书馆装饰得像一座大教堂,一如既往。西利曼餐厅高耸的天花板下摆放的还是从前的长桌。她和杰克也曾在这间教室里上过课,依然是二十四排座椅面朝讲台,可伸缩的桌子依然与椅子相互独立。

这里是她十八岁时生活的世界。

马尔奇克教授看上去还是她记忆中的样子:瘦,焦虑不安。她挥挥手,然后在墙边就座。翻开线圈装订的笔记本时,她一瞬间回想起过去,八年前在这里她翻开的也是一本一模一样的笔记本。那时杰克坐在她身边,往苹果笔记本电脑中记笔记。她朝他转过身。他深色的眼睫毛根根可数。他闻起来有一种彻底清洁过的味道,干净的气息有一种侵略性。她感觉那一刻又重新上演——在一拍心跳的时间里,她体会到一种狂喜——最后慢慢溜走。

她深深地呼吸。

她用卷曲的字体在页角写下九月一日这个日期。

"我叫彼得·马尔奇克。"马尔奇克教授开始自我介绍。他看一眼放在讲台上的笔记,显得很气馁。他是精心为她准备的这堂导论课,他被她重生的凤凰涅槃一般的能量所激励。实际见到她却让人泄气——直到她抬起头与他对视。她的蓝眼睛目光锐利,他在其中看到了一种她的身体里并未表现出的目标感。

"在我们开始第一堂课之前,"他按照计划继续说道,"我想先说明一下,这个世界明明有无数选项,我为什么会学习眼下我正从事的专业。真话是,这个世界让我感到困惑。如果生活更容易理解,或者如果我迷恋的是空洞的消费主义,那么我可能会选择进入其他领域。但我总是感觉'这个世界比我们所看见的要丰富得多'。"这句话出自索菲的大学论文。"我们不可能亲自感受每一样事物,但物理学家能帮助我们跨越局限,看到我们未被赋予的东西。我鼓励你们保持开放的心态。你们所认为的真相可能是错误的,而你们所认为的错误可能是事实。我的工作是向你们展示,这个领域今天所信奉的事情。我不害怕你们在此基础上做出改进。"

下课后,彼得看着钢丝绒一般的小地毯,好让学生能在匿名状态下自由离开。他和索菲没有约定见面时间。在电子邮件中——她发信,他回复——他最多只提到"也期待能见到你"。他瞥见她正朝自己走来。教室里只剩下他们两个。

"嗨。"她的声音很柔软。

"索菲,很高兴见到你。"

"我也是。"

他因为衣服上的口袋才不至于坐立不安。

想说的其他话语都跑到哪儿去了?

"我很高兴收到你的来信。"彼得试着拯救局面,"也很高兴听到你重返这个领域。"他隔着一臂的距离观察她。她现在非常敏感——受过伤却仍保持开放心态,但显然重新下定了决心。"有些博士喜欢花时间慢慢选择目标。听到你已经选定,我很高兴。"

"是的。应该说是块体理论?"

哦——现在他明白了,她为什么想要他的帮助。彼得发表过大量有关那一领域的论文。块体理论认为,所有的事件,无论发生在过去、现在还是未来,都是同时并存的,冻结在一个时空"块体"中。已经发生或者将要发生的每一件事,实际上都发生于现在。爱因斯坦的言论完美地概括了这一理论："对于我们这些信奉物理学的人来说,过去、现在和未来之间的区别只是一种顽固不化的错觉。"这个时空块体在科学论文中被描绘成一个长方体,其长度代表增加的时间:一端是宇宙大爆炸,另一端则代表现存的最后时刻。举例来说,这个块体中囊括了索菲的出生、她在大学的每分每秒、她的死亡,全部时间都是并存的。块体理论认为,人同时存在于多个时间点,不过这一点尚未得到证实。

"我想我们可以就此谈一谈?"索菲问。

"我很乐意。而且……说得明白些,你没必要只把你的想法告诉我一个人。"

她的眉头皱了起来。

"任何人都愿意——都乐意帮助你,不管你需要什么。"他移开目光,"你没有义务一定要来找我,就因为我们一起上过辅导课。"

"但是我想要和你谈。"

"啊,谢谢。"

"因为你在意。"

他敲敲讲台的侧板,充满了活力。

"既然如此,我们可以明天谈?"他问。索菲身后墙上的挂钟显示现在已经是下午6:10。他想象着玛吉在厨房里,俯

/ 163

身查看沸腾的鸡汤面的画面。"我妻子正等着我回家吃晚饭。"

"那我能陪你步行回去吗？"

"说说看，"他们走在希尔豪斯街的上坡路上时，彼得问道，"你怎么接触到块体理论的？"

"直觉。"

她难为情地承认，这并非一次符合逻辑的探寻，而是建立在无理由的信念和无证据的观点之上。在她的想象中，这种类型的谈话一般发生在与新世纪的治疗师、牧师和瑜伽老师的交谈中。他会做何反应呢？

"那没关系。"他和善地消除了她的顾虑。

"我开始意识到，过去并未消失，眼下它仍在发生。"

"你能……感觉到过去？"

"是的。"

"怎么会这样？"

"我恋爱了。"彼得的坦率鼓励了她，于是她便说出了真相，"当你像我一样陷入爱情时，我想你的观点也会改变。你会更靠近世界的真实面貌。你能看见和感受之前不曾看见的现实组成部分。"

"我从没听说过那些。"他承认。

她耸耸肩。

"你说的'爱',"他继续问,"对你来说意味着什么?"

"安尼施·卡普尔在缅因州创作了一件雕塑作品,是一块金属板,大约有这么大——"她将双臂完全展开,"由许多镜片组成。所以,当你站在它面前时,你的影子会忙乱地移动。你会感觉自己碎成了几百万片。"大二开学前的那个八月,她和杰克去科尔比学院美术馆参观过这件作品。"对我来说,爱是当你看到某人是那副样貌时,却感觉一切都没有改变。很难解释,当你能打碎他们的样貌——切实地打碎他们的组成原子——但你对他们的感觉依然不变,那就是爱。"

马尔奇克教授在家门口停下脚步。

"你愿意进来吗?"他问。

她摇摇头。

"我坚持请你进来。"

"抱歉,我不该打扰。我已经占用了你太多时间。"

她将一绺头发别到耳后。

"好吧。我想知道更多。我找找我以前的论文。"

那晚,索菲没有换衣服就上了床。窗外树梢依然残存着暑气,人行道被烤得热烘烘的,但她将被子拉起来一直盖到下巴。躺下之后,她才意识到自己有多紧张,绷紧的脊背这才松了劲。她侧身面朝墙壁。这间公寓只比她的床宽一点点,但她喜欢这样。感觉很舒适，像是睡在别人的怀里。她掏出手机插好耳机线。"经典作品"歌单今天没有更新。她打乱自己的曲库，开始播放约翰·梅尔的《你将永远在我心里》（*You're Gonna Live Forever in Me*）。

接着是凯戈的《脆弱》（*Fragile*）。

下一首则是耳朵虫乐队的《世界疯狂旋转》（*World Spins Madly On*）。

歌曲一首首向她袭来，灌溉着她的悲伤。白天，工作能抚慰她——每次向着真相多走一步，她所感受到的能量就更多一些——但此刻她强烈地思念杰克。她可以给母亲打电话寻求陪伴，但近来她感觉与母亲谈话很不自然。索菲没有联系母亲的能量。她放弃了，任由自己在那些唱着她的心事的歌曲中入睡，但唯一能理解她的那个人在哪里？

第二天，在彼得的办公室里，索菲仍穿着同一件帽衫。她仍坐在几年前坐过的那张椅子上，面对着他——只是，这一次她显然渴望在此。彼得从未见过任何身体如此脆弱，心意却能如此坚决的人。帽衫的肩线很宽，松松地垂落在她的肩头。但她的表情专注又坚定。

你还好吗？

他想询问她的私人生活。但话说回来，她的最新研究课题本就如此私密，在解决问题的过程中，他实际上就是在探索最靠近她内心的领域。

彼得清清嗓子。

"我总是忍不住思考，你将爱与时间联系在一起的观点。如果你是对的，那么你或许已经回答了你的论文课题。它听起来与科学完全无关，却为我们提供了一个起点，你看见时间的方式是陷入爱情吗？"索菲点点头。"那么，你在爱与时间之间建立的这种联系，就使得你能够跳出块体中的某一个点，看到更多的时空块。"

"是的。"

"这样也就解释了，你为什么会看到过去。"

她点点头。

"而且那些不是记忆。"她强调，"我知道我正身处其他时空。那些景象更清晰。"她在空气中做出捏的动作，"它们有味道，有温度。"他们躺在伯克利学院的吊床上，她能感受到杰克温暖的手臂、舒适的毯子，"记忆从来不能让我感受到冷热，那些画面却能。而且它们还很复杂精细。当你想起一座楼梯时，你不可能数清上面的台阶数量。记忆是缥缈的。但是当我看到过去时，我却能数清所有的一切。我能读出每一本书的书名。细节栩栩如生。我既在那里——也在这里。"

"你有没有读过……"他提起J.W.邓恩所著的《一次时间

实验》，此人宣称曾在梦中看见未来。这本书出版于一九二七年，邓恩在其中记录了他的梦，然后罗列了随后成真的事件。他提出的观点是，人们在完全清醒的状态下，只能看见此时此地的情景，注意力集中在很狭窄的区域，一次性只能处理很少的信息。但是睡着之后，人们能看见的却不止于当下。"邓恩从未证明任何他的观点。我想说的是，这本书中有一些部分与你的想法不谋而合。如果正如他所说的梦境那般，爱能从根本上改变认知，那会是怎样？如果爱像做梦一样，也能改变你的视角，那会是怎样？"

索菲在做笔记。彼得继续满足自己的好奇心，她插话的时候越来越多，这让他非常激动。热烈交谈一小时后，他们转移阵地，在科学山的山顶漫步，探讨该如何证明如此重大的事。

纽黑文的天气凉了下来。蓝州咖啡的黑板上打出了"#南瓜季"的标签，手写的字体上还画了一些橙色的叶子图案。索菲和马尔奇克教授每天都在交谈。时间理论课程结束后，她每次都会留到很晚，步行送马尔奇克回家，马尔奇克发出了几十次请她进门的邀请："玛吉每次做的食物我们都吃不完。""喝杯茶？""来杯热可可？"

十月底，她终于同意了。马尔奇克教授带索菲走进厨房，玛吉正在搅拌炉灶上的一罐炖牛肉。玛吉露出友善的微笑，每一条皱纹都随之加深了。她金色的短发中夹杂着些许灰色发丝，脸上写满了对幸福生活的满足。她伸出另一只手，急切地握住索菲的手，像母亲一般慈爱。

"欢迎你，孩子。"她说。

终于见到本人了。

玛吉经历过彼得对索菲怀抱很高期望的岁月，那差不多已经是十年前的事了。之后，她又忍受了他一连数月的沮丧。那时的晚餐餐桌上，他经常看着一口未动的食物，问玛吉也问自己，索菲为什么这样不专心？他做错了什么？好几周的时间里，玛吉都是独自上床睡觉的。玛吉在回卧室的路上会看到彼得在书房里弓着腰修改问题集。现在，索菲回来了，带着热情——还有痛苦。

那天晚上，玛吉看着索菲，看着她沉陷在她的衣服里，沿着碗口边缘将一块牛肉推来推去。她和彼得在推测块体理论。他们的讨论全无停顿，转变突然，但彼得提出的问题没有一个是玛吉想问的。所有的问题都绕过了最显而易见的那个话题，那便是索菲的黑暗面。

玛吉在纽黑文的特殊教育学校任教。她有些学生非常聪明，却要苦苦对抗情绪问题。数年前，她曾经琢磨过，索菲是不是就属于这一类人群。那能解释她的天赋吗？她是否有一些缺陷，平衡了她的能力？但是不等玛吉当时弄清答案，索菲就离开了他们的生活。现在,玛吉认为索菲的感受力没有任何缺陷。这个年轻女人考虑得很周到。她会专心倾听,从来不打断彼得。如果说有什么区别的话,索菲的天赋不仅表现在智力上,也表现在同理心上。她格外善良——也格外悲伤。

"她很伤心。"那晚洗碗时,彼得解释说。

"因为谁?"

彼得耸耸肩。

"你不知道?"

"某个她仍在爱着的人。"

"你没问过她?"

"没有。"

他们静默地清洗。

可如果彼得不问的话,那还有谁会问呢?

索菲渐渐成了他们家晚餐时的常客,一般都是在时间理论课结束后出现。最初的两次,他们的谈话围绕着块体理论展开。接着玛吉开始插话,她询问索菲住在哪儿。就在 24 小时熟食店旁边。和谁住。自己住。也弄清了索菲的健康、家人和公寓状况。索菲来的时候,她做的晚餐会更丰盛,比如奶酪、核桃和羽衣甘蓝馅儿的南瓜、浓奶油俄式牛柳丝、撒满糖霜的多层蛋糕。每次她都会拥抱索菲,并且坚持让索菲将外套挂在家里的衣架上。

慢慢地,玛吉发现,每次提及新闻事件,索菲都会很惊讶,比如中期选举、加州山火导致数千人离开家园、MeToo[①]运动,就好像她从来不会阅读当下发生的任何新闻。而索菲向玛吉提问时,也奇怪地总是聚焦在她的年轻时代。"你在成长岁月中养过任何宠物吗?"玛吉只能主动地讲述当前生活的事实。扎克和班吉从康涅狄格大学回来之前,她给索菲讲了他们的各种事。那年秋天,他们将餐桌旁的五把椅子挤得满满当当。彼得在自己的座位旁添了一把椅子,款式和另外四把一模一样。

那一年,扎克和班吉又回来过几次。他们的活力——互相交谈,突然大笑,拍桌子——压倒一切。在晚餐期间,索菲只能逃到卫生间去寻得一丝宁静。那里只有她和她的手机,她于是打开杰克以前发来的语音信息寻求自我安慰。

二月为光秃的树丛披上了白雪做的外套。在马尔奇克家的客厅,索菲坐在彼得的对面,玛吉在布置桌子。索菲抓着膝盖上的笔记本,上面密密麻麻地记满了数字。

[①] MeToo(我也是),是美国女星艾丽莎·米兰诺(Alyssa Milano)等人于2017年10月针对电影制作人哈维·韦恩斯坦(Harvey Weinstein)性侵丑闻发起的运动,呼吁遭受性侵犯的女性勇敢地说出惨痛经历。

"这些数字有帮助吗?"彼得问。

他已将过去的问题集交给索菲,供她阅读寻找灵感。过去的几天里,索菲一直在翻阅,同时将她的想法记录在这本日志中,这是她最重要的伙伴。在与马尔奇克教授谈话期间,在与他的家人共进晚餐期间,她都会在日志里记录。有时,她走在校园的路上,会顶着刺骨的寒冷停下来,匆忙写下一个想法,不顾身边人来人往。她等于是用纪实的方式在记录自己的生活。她不想失去脑海中任何宝贵的念头,它们是如此脆弱,如此转瞬即逝,需要立刻记录。它们是她的钥匙,可用来证明块体理论,证明时间流逝的方式与人们的经验不同。过去是真实的,是当下正在发生的,就和她手中的这支笔一样。

"有点儿用。"她承认。

最有趣的部分是一段有关颜色的偏题想法。颜色当然是光,可被分解为波长和频率,也即每秒钟内波的数量。索菲在一页的边缘写道:颜色是频率的函数,频率是时间的函数。重复的过程中,这条笔记吸引了她的目光。她想到,既然颜色是可见的,是一条无关时间的数学字符串,那么看见时间的奥秘可能就存在于那种关系之中。她再一次被这个想法所吸引。

房门打开后,扎克和班吉走进家门。他们蓬松的头发上落着星星点点的雪花。玛吉不顾手上戴着隔热手套就跑过去拥抱他们,将他们大衣里的冷空气都挤了出来。索菲合上笔记本,举起闲着的那只手臂朝他们挥手问好。彼得注意到，每次有人打招呼，她都会紧紧地捏着她的日志。她紧抓着它，像是抓着一幅能指引她找到回家之路的地图。玛吉将所有人领到餐桌边，意大利面和肉丸是为了给男孩们补充体力做的，周末他们要和朋友去佛蒙特的基林顿滑雪。索菲将笔记本摊开放在餐盘旁边。她拨着意大利面，甚至还将叉子绕着某个点转了几圈，不过卷起的面条却没能吸引她。她对食物不感兴趣，仍在思考颜色与时间的联系，是它将看得见的事物与看不见的事物联系在一起。每隔几分钟，她都会记下一条。间隔时间越来越短。她开始在思考的间隙记录，担心放下笔会错过关键信息。她一口气写完整句话，直到——

"索菲，亲爱的。"玛吉招呼道。

她的身体抽动一下，接着才反应过来。她对面坐的是扎克和班吉，兄弟两个已经将空盘子摞在一起。意大利红酱染红了他们的嘴唇。在他们身后，窗户上结了霜，看不见外面的风雪。索菲感觉玛吉的手指落在肩头，低头看看手中的笔，身体与手似乎成了独立的两个部分。笔记本的这一页上用潦草的字迹写满了方程式。索菲合上本子。

"抱歉。"她结结巴巴地说。

"你吃饱了吗，亲爱的？"

"饱了。我来收拾。"

"交给我吧。"

玛吉端起餐盘,然后收走彼得的,还有班吉的。扎克则端着自己的盘子随她走进厨房。索菲环顾四周寻找线索,想弄清他们刚刚在聊什么。彼得去了卫生间。餐厅只剩下索菲和班吉。

"马上回来。"他说完站起身,走进厨房并且带上了门。

"她怎么回事?"班吉小声问。

索菲竖起耳朵。

"嘘!"玛吉下令噤声。

"让她休息一下。"扎克说。

"真是太奇怪了。"班吉小声说道。

"她被甩了。"扎克说。

"啥?"班吉问道。

"嘘,我认真的。"

"我想他们应该是触礁还是怎么了。"扎克低声说。索菲心里一紧。"我有几次听到他在电话里跟她说话,应该是她在卫生间的时候。她出来后看上去像是哭过。后来我意识到他们没有通电话。我看过她的手机屏幕,是她在听以前的语音留言,他发的。"

"真是个精神病。"班吉说。

索菲站起身,羽毛般轻盈地快速走向门口。她跨过地毯,声音轻到不能再轻，像是在褪色的花纹上空一英寸的地方滑行。她埋着头穿戴好大衣、手套和鞋子。

外面天已经黑了，希尔豪斯街上只有路灯在闪耀。索菲从大衣口袋里掏出苹果手机，点开语音邮件标签，一行行堆在那里的都是他的名字——杰克·克里斯托弗。她不想删除。她不想往前走。她怎么做得到呢？闪回的画面一如往常般生动。如果不能被丢回过去，再一次与他并排激动地呼吸，她一天都坚持不下去。她一直重返早已忘却的时刻，看见记忆以外的细节。他们在一起——现在就是。她步行回家，滑落脸颊的泪水冻结成冰，留下波浪一般的印记。她掏出钥匙打开公寓楼大门，她的单间在二楼。进门后她拨通了母亲的电话。

"索菲？你怎么了？"

她们上次通话是在一周前。

"我是不是疯了？"索菲问。

"什么意思？"

索菲锁好门，摸黑坐在床上。

"我现在这样是不是疯了？"索菲弯腰趴在腿上，说着哭了起来，"其他所有人都在往前走——"

"索菲，亲爱的，深呼吸。"

"但我却做不到。我为什么如此格格不入？"索菲问道。

"亲爱的，别这么说。"

"我一直都是。"

"不,"伊莎贝尔坚定地说,"你比其他人更清醒,但你们的感觉是一样的。你一直以来都是这样。其他人也有过你现在的经历,你只是感触——更深。"当然,付出真心却得不到回报之后,没有人想要往前走,没有人想要再次陷入爱河。伊莎贝尔和艾登分手后,也不想再与任何人约会。但现实中很少有人会像索菲这样,与其他人划清界限。

"谢谢你,妈妈。"

"我爱你。"伊莎贝尔已经有一段日子没能表达她的爱,她思念她的女儿。身后的水槽里,水流正沿着一摞餐盘倾泻而下,一层一层又一层。"你没有疯,一点都没有。"

"我也爱你,妈妈。"

索菲看见了她的日志。

"我挂了,"她说,"继续工作。"

索菲本想继续说的,但如果通话持续,那么她的母亲就会开始询问一些不当的问题——她有没有出门活动,有没有交朋友。于是她们互道晚安。索菲挂断电话后,从口袋里掏出笔,开始播放"经典作品"歌单中最新添加的歌曲,感觉他往日的灵魂出现在房间里,像是温度突然发生了改变。

那晚稍迟,她躺在床上,再一次被闪回的画面所压倒。她突然间回到大一那年,杰克将脸埋在她的肚子上。

"再讲一个?"他在黑暗中说道。

"好,"她说,"今天,我读到文章说,不同动物感受到的时间流逝的速度是不一样的。"她一直在抚摸他的头。"体形越小,感受到的时间流速就越慢。"他开心地发出一声呻吟。"用闪光灯的例子有助于理解。一束光只要以足够快的速度点亮和熄灭,那么在动物眼中,它就是一道稳定的光芒,不存在停顿。动物体形越小,视觉系统的运转速度就越快。所以它们能看见光芒的闪烁,而我们却只能看见一片朦胧,这也就意味着,它们实际上是在观看慢动作。苍蝇眼中的世界运转速度比我们眼中的慢七倍。"

他们的胸腔以同样的节奏起落。

"你困吗?"她问。

"我在听你说。"他亲吻着她的肚子。

"好,"她继续说,"人也是一样。根据周围发生事件的不同,我们所感受到的时间流速也不尽相同。有异常事情发生时,我们感觉时间很慢,因为大脑转换到加速工作的模式。我们开始分析每个细节,我们的视觉系统运转得更快,所以我们看到的是慢动作运转的世界,就像苍蝇。"

"这么说,人能感受到时间的停顿?"

结束后,索菲独自躺在她的房间——身处另一个时刻,但同样真实,同样是当下。她必须继续工作,以证实这个想法。

索菲在马尔奇克家的厨房,双手紧握水槽的两端,彼得和玛吉在门口看着这一幕。奔涌的自来水为她的帽衫蒙上了一层水汽,她沉浸在思绪中一动不动。一瓶黛尔洗洁精倒在旁边,瓶口流淌出明亮的橙色黏液。

彼得认为这是他的错。索菲现在已经念到博士第二年,却依然没有设定任何边界。不管是什么日子,哪怕他凌晨一两点给她发电子邮件,提供阅读材料,清晨她总会回信告知他关于她的想法。白天里如果他想到什么,邀请她来办公室详谈,她总会在一小时内赶到。到现在为止,她沉迷于颜色与时间的联系已超过一年之久。她说,她有一种莫名的预感,这与块体理论有关。不过,她好几个月都没有取得进展。

他试过拓展她的关注范围。这天下午,他通过电子邮件发给她一篇刚发表的文章,内容有关黑洞,即恒星走到生命尽头坍缩造成的那种天体。黑洞内部的引力极为强大,任何事物都无法跨越其边界逃逸。众所周知,引力的增加会导致时间变慢,引力的减小则导致时间加速。靠近黑洞时,其内部无限的引力会将时间减慢至停滞状态。尽管物体进入黑洞内部会被毁灭,但那需要无穷无尽的时间才能做到。因此,即便是正在坠往黑洞中心的行星和恒星,看起来也仿佛是停留在其表面。彼得发现这个过程与他们的工作存在关联。在这个例子中,时间在流逝,但看起来却仿佛停滞,与块体理论正好相反。他和索菲能将那篇文章中的数学思想化为己用吗?

彼得看到眼前的这一幕,开始后悔给索菲发了那封电子邮件。她需要的是更多的关怀,而非更多的阅读资料。是时候直接解决她的个人生活问题了,毕竟索菲每晚都来与他们共进晚餐。从门口看过去,她正是扎克和班吉描绘的样子。

他清清嗓子。

索菲突然清醒过来。

"不如去我的书房吧。"他提议道。

索菲抓起她的笔记本——里面的纸页饱经风霜,皱成了波浪形——跟了上来。他们上楼,经过扎克和班吉的空房间,来到走廊尽头。在彼得的书房中,书架取代了墙纸。每个架子上的书都多得塞不下。各种精装和平装书籍,排成两列横队,占满了每一格的空间,地板上也一摞一摞地高高堆着很多书。彼得在一把扶手椅上落座,椅子的扶手上挂着一条缀有流苏的柔软毯子。他让索菲坐在对面另一把相同款式的扶手椅上。虽然有长毛靠垫,但他看起来还是很不舒服。索菲进来时关上了门,坐在那里很谨慎。彼得将十指的指尖相抵,搭成帐篷的形状。

"我认识你很多年了吧?"他开口道。

她点点头。

"从你大一入学的第一天起,现在我们坐在这里,你已经念到博士第二年。"他十指相碰然后又弹开,想着只有一个办法能帮她。如果不利于他们的工作,那也只能如此。"玛吉如此喜欢你,扎克和班吉也是。他们虽然表现得不够明显,但他们很关心你。我们一直都希望,你在这个家能有宾至如归的感觉。"

"我的确感受到了。"

"我认为现在是个好机会,可以多告诉你一些我的事。"他决定慢慢进入正题,"玛吉和我之所以能够默契配合,部分原因在于时机。还有部分原因在于,我们都很在乎自己的工作,我喜欢她的善良。没有鲜明个性的人会被描述为'和善',这个词有凑数之嫌,意味着此人不具备值得注意的品质。但玛吉是一个非常和善的人,而且她的和善是我从来都望尘莫及,也一直钦佩的品质。最重要的是,她和我一直拥有相同的家庭观念。无论好坏,我们都想一同面对,成就我们自己。有些人内心里具备这样的素质,有些人不具备。我们把你当成家庭的一员,我们永远都是你的家人。"

"谢谢你们。"

"当然,"他停顿片刻,"玛吉和我几乎在一起生活了一辈子,但我们等了一段时间才要小孩。她怀孕的时候,我们都三十多岁,那对我们来说是一段非常特别的时期。很长时间以来,我们一直想要孩子。我们生了两个男孩,但其实一直想要三个孩子。当她再度怀孕时,我们希望是个女孩。我想她现在应该都还留着当时准备的女孩衣服。"他拧绞着自己的双手,"那时候她年纪大了些。医生一直说,那个孩子可能会保不住。出于某种原因,我们一直都想要三个孩子。"

他清清嗓子。

"我很多年没说起这些了。"他说。

"抱歉。"

"两个男孩也不知道这件事。我告诉你是想说,我知道失去某个无可替代的特别人物是怎样的感受。我们有两个儿子,但他们无法替代安妮。我知道不可能痊愈,但可以向前走。失去之后依然要生活,和以前不一样的生活。你要永远记住,但不能被失去拖了后腿。我不是想刺探你的隐私,你不必告诉我任何事。我只知道我在你身上看见了什么,我认得出。"

正如他所熟知的那般,悲伤的时候,时间似乎停滞了。世界上其余的东西仍在运行和变化,但悲伤的人没有。当他们回顾过去的照片、纪念品和记忆,询问自己是否真的用尽了全力时,他们被锁在了过去。他们再也无法同失去的那个人一起做任何事,他们奋力抗争。感觉就像被冰封在黑洞的边缘,或者在经历块体理论,所有这些信号都能在索菲身上看见。她走进时间理论课堂时,看上去仍和从前一模一样。彼得当时在想,她身穿的是否仍是从前那件帽衫,是不是他的帽衫。

"我知道那看起来是什么样子,"她说,"但我没有失去他。"

彼得皱起眉头。

"我认为我们还在一起。只是……不在……"索菲的双手来回移动,像是在弹奏一台看不见的手风琴。这个动作他们之前用过,为了描绘一个人在一个时空块体中延展开来的方式。

"不在……这里?"彼得追问。

"是的。不在此地,但在——"

"此刻。"

她点点头。

彼得敲敲他的长手指,速度慢得出奇。她的悲伤让他感到不安。对于索菲宣称的那个正与他们一同分享此刻的男人,他依然一无所知。他只看见索菲,看见她紧紧地抓着她的日志,看见她那么努力地工作,看见这么多年过去,她牺牲一切也不肯放弃他们的回忆。块体理论的命运和她旧日恋情的命运交织在一起。如果这个理论是真的,那他们依然在一起,他也的的确确还拥有安妮,玛吉和他依然在上演初次见面时的场景。索菲的探寻有极其悲情的一面,但也有英勇的一面。他希望她的一生挚爱——不管他是谁,不管他在哪里——明白他失去的是什么。

"行,"他最后说道,"那个浑蛋最好值得这一切。"

第二天，杰克乘坐直梯前往奥林匹斯公司的办公室。电梯攀升的过程中，他一直在看手机。他穿着一套量身定做的西装，宽阔的肩膀逐渐收细，连接着苗条的腰肢。他专注又冷静，像外科手术医生一般平稳，莱昂内尔的名字出现在他的收件箱中。

占用一分钟时间？

——莱昂内尔·帕丁顿，帕丁顿联合基金会CEO

一般情况下，莱昂内尔如果有话想说——作为杰克的投资人提出问题，或者作为顾问提供建议——他会直接穿过走廊进入杰克的办公室。"帕丁顿联合基金会"的名牌悬挂在双开门上，对面的双开门上则悬挂着奥林匹斯公司的名牌。作为前者的分支机构，奥林匹斯现如今管理的资产为五千二百万美元。杰克每年为莱昂内尔的种子基金创造的增长率超过20%，这一惊人的成绩又吸引了其他投资人。他雇了四位刚毕业的大学生和一位只有高中学历的二十四岁的年轻人，都是绝顶聪明、奋发图强的孩子。因为缺少工作经验，他们在其他所有地方遭到的都是拒绝。他们工作非常卖力，都想留在世界薪酬水平最高的行业，留在一个冠军团队中。

占用一分钟时间?

昨天,他们谈了一小时。是莱昂内尔敲的杰克的门,关于杰克最近对洛克斯特公司的大笔投资,他想了解更多信息。在莱昂内尔看来,这对奥林匹斯公司是一个奇怪的选择。杰克一直以来选择的都是久经考验的成熟公司,都是按照过往的冠军公司而创建。但洛克斯特却是一家小型智能手表公司,在研发上投资巨大,尚未获利。其未来的产品渠道也没有经过检验。杰克在反驳中将洛克斯特同苹果和其他科技巨头加以比较,但莱昂内尔却并不满意。最后,莱昂内尔精疲力竭,小口喝着半温的冷咖啡。离开之前,他提及下周将为茱莉亚举办生日派对,问杰克是否要带同伴。"不用,先生。"

杰克大步走出帕丁顿联合基金会的门,周围的人都戴着耳机在大声交谈,他快步走着,一杯滚烫的液体洒在他的胸口,拦住了他的去路。

"该死!"

热咖啡沿着他的衬衫滴落。

一位戴眼镜的女助理呆立在那里,手里端着一托盘的星巴克咖啡杯。

"太抱歉了,杰克。"

"我不该骂人的,是我的错。"

那位助理用一块棕色的餐巾纸轻轻为他擦拭衬衫。

"没关系,不用担心。"杰克说。

"嗨,杰克。"两个身穿帕丁顿制服马甲的年轻人从旁边走过。杰克没听见他们的招呼,从托盘拿起一张餐巾纸,和女助理一起擦衬衫。他想告诉她,没关系。等她擦完,他走向角落里莱昂内尔的办公室,敲了敲打开的门。莱昂内尔正站在窗口,一只手插在口袋里。他挥手示意杰克进去,样貌看上去比平时少了些活力,他的目光看着杰克衬衫上的那块棕色污渍。莱昂内尔坐在自己的椅子上,请杰克在对面落座。

"我想和你谈谈。"莱昂内尔慢慢地说。

"一切都还好吗?"

莱昂内尔将一只手放在面前的一叠文件上,手腕看上去软弱无力。

"昨天我问你是否要带同伴参加茱莉亚的派对。不管你带还是不带,这件事本身并不重要,却促使了我的思考。我想到你工作多么努力,你在这里投入了多少时间。"莱昂内尔停顿一下又接着说,"你快乐吗?"

他眯缝着眼睛,露出怀疑的神色。

"当然。"

莱昂内尔咕哝一声。

"这件事我不会再说,孩子。如果你不快乐,那就不值得。"

"我快乐!"他回答得如此迅速,听到莱昂内尔的建议后就脱口而出，听起来像是本能的反应，而非任何思考过的结果。

"帮我一个忙吧，为你自己做些什么。"

"当然可以。"

"不。"莱昂内尔厉声说道，而后又恢复了平日的模样，"想想看，思考一秒钟，想想我说的话。你今年多少岁了？"

杰克停顿片刻。

"我二十八岁。"杰克一字一顿地说。

"你现在有约会对象吗？"除了大学时代就在一起的索菲·琼斯，杰克没有提起过任何女人的名字。他长期待在办公室，莱昂内尔怀疑他已经多年不曾与人坐下来面对面地约会。随着沉默时间的拉长，莱昂内尔开始相信，不仅这个问题的答案是否定的，由此派生的相关问题的答案也都是否定的：接下来没有约会的计划，没有想过，没有约会的意图，没有单纯功能性的朋友，也没有只需要每隔几个月喝杯啤酒来维持的关系。"好了，不用回答。但是想想看，想想看谁将站在你的终点线上。如果想不到任何人，那你就无法实现快乐，那就不值得。你需要其他人，至少要让自己过得更快乐。我知道你有天赋，但你毕竟还是人类，你不可能永远像这样加倍努力地工作。那算不上成功，而且无法持续。无法平衡的事情就会失败。"

杰克在整理思绪。莱昂内尔以前从来没有干涉过杰克的私人生活。他们都是自强自立、不倦工作的人，但他们的关系早已不只是拥有共同个性。莱昂内尔走过来让杰克注意休息——也许是贸然行事。但杰克的停顿却表明，他并不觉得自己是在遭受批评，而是感到自己在被人关心。莱昂内尔在关注他。

看到杰克在思考这条建议，莱昂内尔的表情变得柔和起来。杰克是个优秀的孩子——不完美，但依然杰出。这层楼的人给他取了个昵称，叫爱因斯坦。当面叫他，他会紧张不安，所以人们都只是在背后叫。是的，杰克取得了天才的成绩，而爱因斯坦是天才。但爱因斯坦也是出了名的不修边幅、头发蓬乱、不注重整理。他从不穿袜子，从不记自己的电话号码。类似的，杰克也看不见站在身前的人，他有时甚至会问助手，自己有没有吃午饭。他甚至从来都不记得今天是周几。一开始，莱昂内尔觉得这很有趣。接着他意识到，杰克的优势——一次只能将所有精力投入到生活中的一个领域——也是弱点，这让他开始关注杰克的方方面面。杰克可能没注意到自己缺乏私人生活，但每个人时不时地都有需要帮助的时候。

"如果你想谈论更多话题，不管是什么事，我都在这里。"

"谢谢。"

"不客气，孩子。"

莱昂内尔说完赶他走，姿态过于轻蔑，是为了纠正刚刚的亲密言行。杰克离开后,莱昂内尔看着他们在奥林匹斯门口握手的照片。他喜欢那张照片,因为照片里的他们非常相像,就像是隔了三十年时间的同一个人。那是在杰克第一天进新办公室的上午拍的。从那以后,这孩子可曾有过停止工作的时候?他的献身当然是不可思议的,但他的工作态度最不寻常的地方在于,他投入了真心。他爱他的工作。一个有着他那样的精神的人却孤孤单单,这是不对的。莱昂内尔一直不明白,杰克和索菲发生了什么。他推测一定是那女孩伤了杰克的心,因为之后的好几个月里,杰克都是闷闷不乐的样子。

杰克大步回到奥林匹斯。开放式的办公空间中,坐着他的分析师和助理陶妮——一个和贾尼丝年龄相当的单亲妈妈。他路过时,每个人都稍稍侧身迎向他。但他却沉浸在自己的思绪中。他走进他的办公室,坐在从大学宿舍搬来的黑椅子上。"让自己过得更快乐。"他该怎么做呢?

两周后,脚踩高跟鞋的房产经纪人趾高气扬地走进一套月租金六万美元的顶楼公寓,杰克跟随在后。这是周六晚上的10:15,他本周仅有的空闲时间。公寓里只有他们两人。越过她——是叫史黛西吗——油亮的棕发,能看到从地板直抵天花板的落地窗,里面映照出室内的每一盏枝形吊灯,也框出了纽约的城市全景。曼哈顿看上去就像他的私人后院。杰克点点头，叹为观止。

"够大吗？"史黛西问。

她拱起一条细细的眉毛。杰克明显感觉到，她在挑逗他。她将资料册递给他的时候，红指甲擦过他的手掌。他们开始看房。三个卧室都有步入式衣橱和露台。公寓楼的地滚球场旁，有一个七十英尺深的海水游泳池，还有一个高尔夫球模拟练习器。他还能随时使用一辆配有专人司机的雷克萨斯。他点点头。至少史黛西走得很快。上次看房是一个男经纪人带领，那人对着墙壁上落满灰尘却光辉夺目的格子装饰大讲特讲，让人不堪忍受。类似的少数几次看房经历，就是他几个月来，或许是几年来，仅有的社交时刻。到目前为止，它们的唯一作用，就是提醒杰克，他和大多数人都相处得不好。

"你有孩子吗？"史黛西问。

"没有，怎么了？"

"这座大楼为孩子们准备了一些很棒的设计。好了，我把最好的留在最后。"双开门旁的一张桌子上，有两只细长的香槟酒杯，史黛西端起一杯递给杰克，里面的酒在冒着气泡。她端起自己的另一杯。只听得叮当一声，她推开那扇门，里面是一张超级大床，上方镶嵌的是一扇和床一样尺寸的天窗。"这是我最喜欢的部分。"她强调说，"全城最好的景观。"她穿一条紧身铅笔裙，只能迈着小步走向墙角。她关掉灯，于是景观的重点也就指向了天空。那片黑暗的景色中几乎看不见星光,只隐约可见几个白色斑点。

"看见了吗?"她说,"那儿有一颗。"

杰克看着她所指的方向。

"那不是恒星。"他说。

"唔?"

"那是金星,"他说,"是一颗行星。"

"行星,恒星。"她觉得都是同义词。

"不一样的。"

杰克和索菲躺在床上。大二那年冬天。窗外银河光芒璀璨。索菲指着两颗灿烂的星球,确认天王星旁边的那颗是水星。在这两颗明亮的星球旁边,是她已经告诉过他的双鱼座的V形图案。杰克试着回忆那一幕。她的一条腿钩在他身上,他们的身上盖着一条毯子,一直拉到下巴位置。

"讲一个和卫星有关的。"杰克说。

索菲根据他的要求指出木星及其四颗卫星,又指出了像是宇宙萤火虫一般呼啸而过的空间实验室。

"你有'知识用完,不知道该教我什么'的时候吗?"他问。

索菲笑了。

"你有'该死该死该死现在该怎么办'的时候吗?"

"说不上。"

她亲吻他的脸颊。

"你能看见月亮上的斑痕吗?"她问。

"你真美。"

"那些阴影?"她继续问。

"哦,"他再度看向窗外,"能看见。"

"月球上没有大气层。那意味着,没有空气,没有风。所以,月亮上的一切——所有的环形山、宇航员的脚印、一切——都将永远存在于那里。没有水将它们冲走。那上面的印痕不管是什么,一百万年以后还将会在那里。"在她说话期间,杰克将她的手拉起来放在他的嘴上,用她的手指按住自己的嘴唇,慢慢地亲吻一下。"但是我很喜欢。在地球上,生命周期如此短暂。这里的每样事物都在不停地变化和腐烂。宇宙里就不一样。如果你在真空中将两块金属贴在一起,那它们会永远地熔合在一起,之后你再也无法将它们分开。"

他亲吻着她的头顶。

"再讲一个?"他问。

"好的。"她说。

她依偎在他的怀中。

"是这样,宇宙里的一切都由原子构成,对吧?"她开始讲。他点点头,下巴贴着她的头侧上下滑动。"在每个原子内部,都有一个原子核,周围环绕着电子云。这些云离原子核并不近,它们之间存在着许多真空空间……"她的声音逐渐减小,"我想说的是,我们认为世界没有空隙,但绝大多数地方都并非如此。几乎所有的物质——99.9%以上——都是真空。如果你将所有那些空间从构成我们人体的原子中取出来,那么整个人类的体积只相当于一块方糖。"

"我相信。"

"很好,这是事实。"

他笑了。

"我只是想说,当你想到人的时候,他们身上清晰显现的特点,并不是你看到和触碰到的那样,对吧?"他说,"那说得通吗?我不知道。你所拥有的东西,远超我之所见。"

这是他所经历过的最长一次闪回。结束后,他感觉她仍在身边。她存在于主卧室里,存在于他的体内,存在于每一个地方。

对他来说,处理这些幻想并没有变得更容易。它们让他全身心地投入其中,而且充满了各种他早已忘记的细节。他能清楚地看到满天繁星,感受到舌头上残留的绿薄荷牙膏的气息,感叹重新回到那么年轻的时代感觉多么自由,那是地球上最奢侈的时刻,即与他所爱之人在一起的时刻。

他从未告诉过任何人关于他所经历的这些片段，没有人会相信他。你立刻就能感觉到回想起一个时刻与真正身处某个时刻之间的差别，却不可能传达。但他知道。每当闪回发生，他就知道，他正身处那一时刻，同时也身处现在。他曾经想过，或许是他将心里如此之多的部分留在了与索菲共处的时刻，所以只能在其中旋转，这样才能保持完整。他曾将自己铺展开来，是那些闪回的片段将他维系在一起。当然，那说不通，但他接受了那样的想法，就像精神世界的真理与事实总是不能协调一致。他每天都在思念她。

"我考虑一下。"杰克在撒谎。

他看了一眼手表。

"你想看看——"史黛西说。

"抱歉，我得去打个电话。很高兴认识你，史黛西。"

"特蕾西。"

"什么？"

"我的名字。"

"哦。"那么是他自己记错了，"抱歉，再次感谢你。"

他走到街上，城市里黑暗又明亮。光亮被限制在窗户、车头灯和红绿灯里。它们光芒耀眼，但除此以外就都是阴影。杰克准备乘坐地铁回家。自从毕业以来，他一直住在同一套单间公寓，每年五月续租。毕竟他待在里面的时间不多，也没有人会上门拜访。他真的需要更多空间吗？但他在尝试"让自己过得更快乐"。他在心里记下，给特蕾西发邮件拒绝这套房子，然后不看房就直接租下下一套公寓。他唯一的要求是：没有天窗。

他在地铁站前面停下脚步，抬头仰望天空。她此刻在哪里呢？他知道她正在耶鲁攻读博士学位，因为他每隔几周都会用谷歌搜索她的信息。两年前，看到她在领英招聘网上更新的信息，他激动不已。他的决定是对的。她的个人资料照片用的仍是毕业时拍的那一张。她的样子变了吗？她在研究什么呢？她在和谁约会吗？

他想象着，如果今晚遇到彼此，他们会做什么。早上去上班的路上，他经常这样幻想。现在，他想象着她朝他走来的画面。她依然留着长发，蓝色的眼睛依然目光如炬。她拎着一只塑料包，里面有一本从图书馆借来的书。然后呢？在他的一种设想里，他们两个都继续走，不愿触碰伤痛。而在另一种设想里，他们停下来，断断续续地说一些词不达意的话，罗列他们生活的基本事实。紧张且痉挛的不只是他的胃，还有他的手臂、喉咙和胸膛。之后，他痛苦地重新做出离开的决定。在另一个白日梦里，他们继续毫不犹豫地投入彼此的怀抱。他张口就是道歉，永远不放她走。

但那些都是幻想。

他看了一眼手表指示的时间，这是洛克斯特的初代产品，他今天早晨才第一次佩戴。时尚的黑色手环将手机、电脑、信用卡、健康档案和个人医生等各种功能融为一体，定于明年上市。

他没有将洛克斯特的全部真相告诉莱昂内尔。真相是，几周前他在阅读该公司的文件时，在一份投资者报告中发现了一条非同一般的脚注。该公司透露，他们在为有关时间的学术研究提供资金支持。杰克于是要求与该公司的首席执行官史蒂夫·特拉菲见面。事实证明，史蒂夫虽然个头小，个性却很引人注目，他话很多，而且爱笑。一番了解后，杰克问起那份非同一般的披露报告。显然，洛克斯特在几所常春藤联盟联合赞助了一些有关时间的研究项目。杰克意识到，投资洛克斯特，就等于是在投资索菲的研究领域——他能帮助她——所以他就将洛克斯特当成了王牌。

杰克走进地铁，心中想着索菲。他当然从没停止尝试帮助她，但是有些东西，她只能自己争取。

十一

经过几年的尝试,索菲依然没能证明块体理论,为了毕业,她改变了研究重点。她的学位论文写的是色幻觉,是联觉的一种。对于那些会产生这种幻觉的人来说,声音是有颜色的。听音乐能让他们看见充满活力的动态抽象影像。这让索菲想起了她的闪回时刻。在必须向论文委员会主席解释研究这一主题的理由时,她陈述自己研究的是,将一种感官输入信息转化为另一种,即从声音到视觉。类似的研究曾为将热量转化为视觉影像的红外线成像技术奠定了基础。

索菲的工作有一部分是探索色幻觉的发生。大多数能"看见"音乐的人都是天生就有这种能力。不过,后天开发这种感觉官能却是有可能做到的。她采访过一百个拥有这种能力的成人。她为此罗列了一长串问题,排在最后的一个——为了掩饰这个问题对她的重要性——是：你相信有灵魂伴侣吗？惊人的是，有 90% 的色幻觉能力者相信。索菲一般总会自然地接上：你遇到了吗？如果遇到了，是在何时？她访问的每个人都是在遇到灵魂伴侣之后才拥有了色幻觉能力。

索菲没有在论文中提及这一点，她只向彼得展示了她的发现。这证明了他们的预感：坠入爱河会彻底改变人的认知。

"扎克！"索菲满怀信心地喊道。扎克正站在起跑线上，比大多数跑者都要高一头。他和班吉一路小跑着奔向索菲。

"你准备好了吗？"扎克问。

"和你俩一样。"她打趣道。

扎克得意地笑笑。

几个月前，索菲同意和他俩一起参加纽黑文半程马拉松。现在，她的博士生涯只剩最后几周，即将迎来三十二岁生日。她有许多年不曾一次性跑步超过三英里了。大部分时候，她都坐在那里，这个学期因为要结束毕业论文，长时间的思考让她坐立的时间比以往更加漫长。步行爬上科学山的途中，她有时会喘不过气，不过最后还是同意参加比赛。根据扎克的说法，这是"马尔奇克家孩子们的一项传统"。

她的头发绑成高马尾，橡皮筋是半小时前从她的桌子上拿来的。扎克和班吉戴着大学兄弟会发的同款护腕。彼得和玛吉站在不远处，都举着拍照手机做好了准备。索菲前后甩臂热身时，一台扩音器传出命令，要他们各就各位。班吉弯曲双膝，手指够到脚趾，就像人类进化图最左边的那只灵长目动物。号令枪响了。班吉全速向前冲去。扎克紧随其后，也消失在飘动的服饰之中。索菲倾着身子慢跑。超过她的人越来越多，最后她发现自己的步伐和一群老年人相当。

比赛路线的形状像数字8。她走完三英里、五英里、六英里，但从来不曾停下脚步。枝繁叶茂的大树在沥青路上投下锯齿状的影子。她从折叠桌上拿了好几杯水喝。围观的人群来了又走。慢跑穿过校园中心时，她每一步都在打破一项新的个人记录，就在8字形的交叉点，她跑过了当初和杰克相遇的心理学教学楼。隔着三步远的距离，他们的身体被光连在了一起。闪回的画面让她充满活力。她的步伐再次加快，然后跑过了他们第一次一起用餐的西利曼餐厅。他们定在那里，组成一个Y字形结构，嘴巴贴在一起。

索菲跑出了校园的隐形边界，大口喘气让她的喉咙后部发干，正午的阳光洒在她的红脸颊上。一个路标告诉她，还剩三点一英里。她提醒自己，马尔奇克夫妇在终点线等待。她想象着他们抱住扎克和班吉道贺的画面。玛吉或许正被两个儿子拉扯着合影。也有可能班吉正弯着腰喘气。男孩们并不热衷于运动，之所以每年参加这个比赛，是为了给玛吉工作的学校筹集资金。

索菲希望自己的父母也能站在终点线,但他们都不知道她今天跑半马。她并不经常接他们的电话,就算接了,也很难谈论自己。她经常只用一个字来回答,从不主动通报任何新闻,因为她觉得自己并不是他们的骄傲。"我只想确保,你没把上学太当回事。"但她现在是一个博士生,沉迷于证明一项理论。她还写过另一个版本的学位论文,但关注的重点没有改变。她永远不会放弃。

此刻,她想象着她的父母在等待她。母亲戴着有饰网的环状耳环,父亲将她拥在怀中。观众多是全家出动,他们接下马尔奇克夫妇递过来的半品脱波兰泉啤酒。

还有杰克。

索菲想象着他独自站在旁边。他把苹果笔记本电脑夹在腋下,上身穿一件耐克T恤,看上去和大学时代一模一样。她全速冲向前方,超过了两个跑者。她感到脑袋轻飘飘的,双脚甚至更轻。杰克需要她跑完赛程,这样他们就能回家。他们并没有具体的事要做。或许他们会在伯克利吃晚餐,然后回到公寓,坐在沙发上聊天,直到索菲困得眼睛都睁不开。他会扶着她起身,然后睡在床的一边,只占窄窄的一块地方。索菲最后感觉到的是家。终点线终于就在眼前,索菲忍不住想到他,而他也在用深情的目光回应。彼得指着索菲给其余的家人看,她终于冲过了标记着比赛结束时间的巨大数字时钟。她减速停下，然后俯下身去，直至脑袋和腰在一条线上。

"干得漂亮！"彼得祝贺道。

她站起身。

扎克和班吉的奖牌在脖子上晃荡。

"哇哦。"班吉佩服地感叹。

玛吉递给索菲一杯水，她一口气灌下。

"她跑了多长时间？"班吉问。

"比你多几分钟。"扎克说。

"哇哦，"班吉又感叹了一遍，"你最后几英里的架势简直像变形金刚。"

"你说什么？"索菲厉声问道。

"班吉！"玛吉责备道。

变形——就是它。她不知道自己为什么之前从没想到过这个词。

"我得走了。"索菲说。

"你还回来吃晚饭吗？"玛吉问。

索菲走着走着跑了起来，然后开始全速冲刺，比冲过终点线的其他人更快，一直跑到她住的公寓楼。进门后，她一步迈两级台阶。回纽黑文后，她一直住在这套单间公寓里。这个盒子太小，不可能凌乱。在小厨房和她的床铺之间，面对着她的书桌的地方，有一只灰色的日式蒲团。她的橱柜里只存着两盒撒盐饼干和一整瓶花生黄油。她的书桌是整套公寓里的焦点。她坐下来，面前的布告栏上贴满了记有笔记的便利贴和字迹潦草的方程式。书籍和杂志一摞摞地堆起，在她身后围成一个半圆形。

她拿起一支笔。

翻开一本新的笔记本。

在她为证明块体理论而做出的数千次尝试中，有一次她试着将时间作为一个变量，从一打运动方程中移除，结果只是徒劳。如果成功，那么她将证明，事件的发生时间并不重要，因为不存在绝对的时间流逝。所有的时刻都是现在——这就是傅里叶变换。索菲想起大一那年最后一次拿到的问题集。这一运算从时域中摘出方程式，再将它们投射在频域中。举例来说，它在几秒钟内就能将时间单元变成赫兹。几年前，即便是在重新阅读问题集时，她也无法明白。但是这项技术正是她想要的，这就是她追寻了将近十年的东西。傅里叶变换将把她所有的时间函数转变为频率，由此也就彻底移除了时间变量。

就是它了。

这就是证据。

索菲一个方程接一个方程地将一切都转变成了傅里叶空间。她写完一页又一页，正面和反面全都写得满满当当。她并不感觉自己在做数学研究。她是在告诉这个世界，成为她这个人是怎样的感受。这就是她的直觉指引的方向。

天黑后，索菲扯了一下桌上台灯悬荡的灯绳。她继续工作直至夜深，终于成功地将每一种有关运动的描述都变得与时间无关。她斜靠在笔直的椅背上。过去的这几年里，她一直感觉杰克陪伴在她身边，她每天都看到他们在一起的情景。但此刻，当她看着块体理论的确凿证据的最后一页，她看到的是全部的他。她看到的不只是一个时刻，他们共度的所有时刻都环绕在她周围，因为它们全部都发生在当下。她哭得颤抖不已，泪水打湿了指尖、脸颊和下巴。杰克是她唯一想要的人，因为他们过去一直在一起，将来也将一直在一起。她的笔记本证明的不只是块体理论。

对于索菲来说，它证明的是爱情。

七月四日的那个周末，杰克坐在办公室，彭博终端程序的窗口突然被突发新闻所占满：《耶鲁博士解开了时空之谜》《耶鲁大学生解开了何为现实的问题》《块体理论：世纪大发现》。杰克点开一篇文章，希望能在开篇看见索菲·琼斯的名字。果然，她就在那里。

显然，过去的六小时她都是在剑桥最大的讲堂里度过的。她将她所发现的块体理论的每一条证据都写了下来，写满了二十块白板。杰克点开第二篇文章，接着是第三篇。据报道，那间讲堂里没有一个人在笔记本里胡乱涂画、抖腿或是眼神空茫。整个下午的时间，索菲一个人吸引了到场的几百名物理学家、数学界传奇人物、思想领袖和精神偶像。她的论证会最后以一个火热的问答环节告终，接着终于响起雷鸣般的掌声。

杰克起身关上办公室的门，接着才想起同事们都去过周末假期了。所有的电脑屏幕都是黑的。他的洛克斯特手表显示的时间是上午10：02，颜色是光剑蓝。他回到桌旁，阅读每一篇新报道。每篇下面的评论区都写满了留言。人们在努力地理解，这件事对生活中的大问题会有怎样的影响。如果所有时刻都存在于同一时刻，那么自由还存在吗？权威人士在实时流媒体上展开争论。有两位名人否认块体理论，但数量分析专家却表示赞同。这是自爱因斯坦于一九〇五年提出相对论以来，人类在理解时间与空间方面取得的最大进步。索菲·琼斯将被写进每一本高中教材。

杰克的心跳得更快了。

他喜不自禁，无比骄傲，展现出一副胜利的姿态。

她做到了。

新一期的《每日镜报》上发表了一篇文章，其中收录有索菲那天下午的照片。他向后靠在椅背上，速度之快仿佛被射中了心脏。在那张照片里，索菲走在一条鹅卵石街道上，旁边停靠的都是智能汽车,她正在躲避镜头闪光灯。他只能看见她的剪影。她的头发和他记忆中的一样,又亮又长,垂在她的背上,但是变得稀疏了。她快乐吗?像她应得的那般快乐吗?

他旋转座椅,面对着麦迪逊广场公园的风景。在那片树林之中,他看到了一切发生之地——他最后一次和她交谈的地方。有无数次,他差一点点就要给她发送信息,但感觉总是不对。他的拇指总是悬垂在"发送"箭头上方,久到刚好足够他恢复理智。他们需要分开。为什么要把局势搞得更复杂呢?

但是现在,她做到了。

她完成了。

他开始计划该说什么,该怎么说。发信息太过随便,打电话又太有侵略性,他要给她发电子邮件。这天下午剩下的时间,他都在精心措辞,从开场——"亲爱的索菲"过于放肆,只称呼"索菲"更好——直至最后署名。

他一直在精心修改。接下来的一周,他都极为愉快地沉溺在修改邮件之中。哪怕新闻热点从索菲身上移开之后,杰克仍在继续。他希望自己的信息恰到好处。在回顾铺天盖地的媒体报道,寻找最新灵感时,他看到《耶鲁每日新闻》官网发表了一段对她的采访。缩略图上有一个三角形的"播放"按钮,盖在她的轮廓上。他点击播放。她看起来瘦了些,但变得更加结实,没有像他预想的那样。她面对采访者并不羞怯,还看了好几次镜头,眼睛里闪烁着神采。杰克决定等视频一结束就将邮件发出去。他不想再浪费时间。

在这段一分钟短片的最后,出现的两句对话让他很惊讶。

"那么,您接下来有什么计划?"学生记者问道。

"我有一些想法。"索菲说。

杰克眨眨眼睛。然后将短片又看了一遍。

"我有一些想法。"

杰克皱起了眉头。接着他再度抬起头,仔细研读电脑上的草稿。

索菲:

    祝贺你!我很佩服你所取得的成绩。

    本想说些俏皮话的,不过想想还是宁愿说得直截了当一些。真相是,我想再和你谈谈。不为任何具体的事,只是太久没有联系。我随时可以去纽黑文。如果我对块体理论的理解是正确的话,那我们现在就已经在那里了(或者不在那里,如你所愿)。与此同时,想到那幅画面真是美好。

                              诚挚的

                                  杰克

"我有一些想法。"

他一字一字地删除了他的邮件。

索菲在大学里给他讲过十九世纪初期所取得的一项最伟大的突破：詹姆斯·麦克斯韦发现了电磁。他用具有突破性意义的方程式，将电、磁力和光联系在一起，从而促成了有史以来最具影响力的一些发明——包括托马斯·爱迪生发明的电灯泡。索菲告诉过杰克，麦克斯韦最重要的知识飞跃都发生在三十岁以后，全部都发生在同一年。

索菲才三十二岁。

"我有一些想法。"

第二部
二十五年后

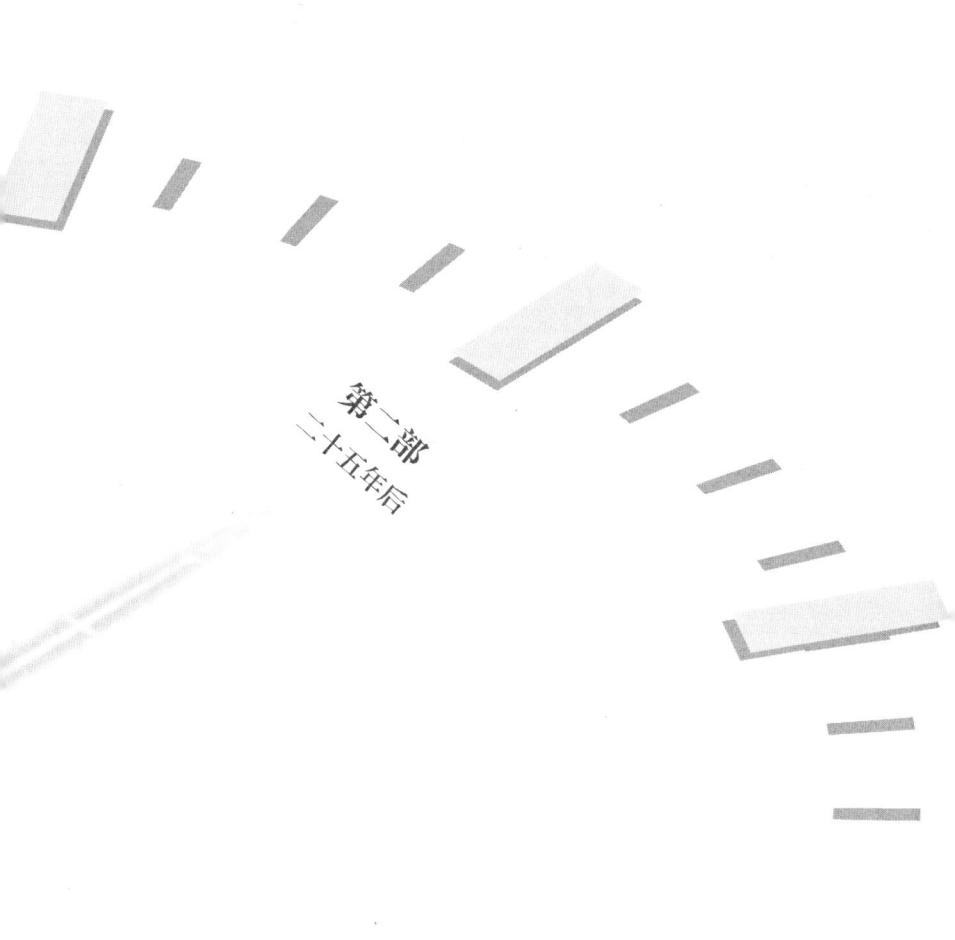

我一生中所获得的最珍贵的领悟就是,
最有价值的利用时间的方法,是爱。
这不是什么复杂的想法,却是问题的关键。

十二

索菲跟着最后两名学生走出讲堂。虽然已有白发——编在辫子里几乎看不见,发辫像一根野葡萄藤,垂在她的侧面——已经是五十七岁的年纪,她看起来却比耶鲁的其他同龄教师年轻。她T恤的每只袖子上,都有一圈瓢虫图案。她的眼睛和嘴角都出现了淡淡的皱纹,尤其是在微笑的时候。但她的皮肤清透得让人目眩。

她步行走下希尔豪斯街,一路享受着二月下午的时光。在她从事物理教学的二十年里,这条街几乎没有变化。气温上升了,春夏在拉长,但街道两边生长的,依然是她成长岁月里看到的那些常绿植物:白冷杉和蓝色的北非雪松都挂着一身的绿色松针。耶鲁大学依然像她大学记忆中一样不同寻常,课程依然以讲座的形式教授,而学生人数只增加了三百人。大多数建筑都维持着往日的模样。时间理论课结束后,当她像往常一样走过马尔奇克宅时,一个年轻男人从她前方横穿过街道。他拐上了索菲所在的一侧,走在她前面几步远的地方。有几秒钟的时间,索菲停下了脚步,望着那道身影。窄窄的脸,尖尖的下巴,深色的头发——所有特征都在提醒人注意。索菲感到胃里像是发生了酸性爆炸。她眯着眼睛打量那人远去的后脑勺。那副肩膀,就在这里,就和她大学里熟知的那副一样。

"讲一个和卫星有关的。"

年轻人的身边,有一个身姿轻盈、留着一头黑色长发的印度女人,他们松松地牵着手。索菲跟随在后。两人推开西利曼餐厅的门走了进去。她跟着他们走进内庭,然后登上大理石台阶,接着那两人消失在前方的餐厅中。索菲站在门口。喧嚣的餐厅几近满员。孩子们绕着彼此弯来拐去,摇摇晃晃的托盘上堆满了食物。一个身穿耶鲁橄榄球队运动衫队服的大个子擦着她的肩膀走了过去。

他刚刚看见的是谁?可能是一个远亲,或者是她想象的虚构产物。她慢慢地走了进去,在窗边的一张长桌边坐下,往洛克斯特手表中输入"杰克·K"的字样搜寻线索。自动补全的信息如下:

杰克·克里斯托弗

杰克·克里斯托弗净资产

杰克·克里斯托弗宅

她键入他的全名。他的维基百科页面是搜索出的三百多万条信息中的第一条。她看着他用一只手臂抱住自己的照片。他的短发大部分都白了，只有少数几根还是黑色。但出于某种原因，年轻时认识的人看起来总是年轻的样子。

杰克·克里斯托弗（生于1992年12月1日），美国亿万富翁投资商和慈善家。克里斯托弗是规模最大的对冲基金之一，奥林匹斯资本公司的首席执行官，现管理资金总额超过1050亿美元。他的净资产估计为100亿美元……

但这些她都知道了。尽管他们已经三十多年没联系，但要了解他的近况很容易。奥林匹斯公司经常因为业绩出色而登上新闻。曾有记者在慈善筹款活动现场拍到杰克的照片。他还曾出现在美国全国广播公司和其他新闻频道，提供股票挑选建议，就宏观经济形势发表看法。索菲也在物理教师休息室的电视上看见过他，一般都是静音观看。他因为成功而变成了公众人物。

她成功证明块体理论后，本以为他可能再过几天、几周

/ 211

或几个月就会联系自己。他一定听到了消息。他们一起分享了那么多——在他们做出任何成绩、成为任何人之前，所有那些脆弱时刻——他一定想过表示些什么。但接着却什么都没有发生。对她来说，他没有联系她就是一条清楚的信息：他认为他们不应该在一起。哪怕索菲已经证明，他们仍然在一起。

她想过自己主动联系他。麻烦在于，合适的理由感觉都不真诚，而真诚的理由感觉都不合适。他们从来就不是普通朋友的关系，甚至他们从一开始就不是朋友。哪怕是刚认识时，在去吃午饭的路上你问我答时，他们就已经爱上了彼此。而且，杰克看上去非常成功。每次接受采访，他都一如既往的时髦，就和在大学时一样健壮。他的牙齿现在变整齐了。他似乎生活在他过去一直梦想的未来。

索菲向下滚屏，来到杰克的私人信息部分。

椅子的木腿发出尖锐的声音。

她抬起头。

杰克的替身此刻就坐在她这张桌子的尽头。她大吃一惊，一股酸意涌上喉咙，让她无法呼吸。那个印度女人坐在他身边。他用手臂环抱着她的椅背，亲吻她的脸颊。一小片羽毛飘过来，落在他松软的白色亚麻衬衫衣领上。女人用优雅的长手指夹起它，轻轻弹掉。索菲看了一眼手表上的杰克的照片，又看看面前的那个年轻人。那片羽毛朝她飞来，两个年轻人追随着它的轨迹看到了她。

这么说,人能感受到时间的停顿?

索菲一直看着那个长得很像杰克的年轻人。

他挥挥手站起身,从桌子对面走了过来。他灿烂的笑容充满善意,大大的手插在卡其裤的口袋里,阳光在他明亮的眼睛里跳舞。

"嗨。"他说。

索菲感觉像是精神错乱。

发生了什么?

他是谁?

她说不出话来,脑子里一片空白。

但她必须说话。

"抱歉。"她说。

"我们见过吗?"他问。

"没有。"

"我叫利亚姆。"

他慢慢地伸出手。

这么说,人能感受到时间的停顿?

利亚姆的手在等待。

"你还好吗?"利亚姆问。

"抱歉,只是……"

她无力地握住他的手。

他看上去很担心。

"太像了。"她结结巴巴地说。

"啊,"他说,"所以你认识他。"

索菲没有明白。

"我的父亲。"利亚姆解释道。

索菲皱起了眉头。

"你是杰克的……"

"儿子。"利亚姆补完她的话,然后露出龇牙咧嘴的表情。

"我不常说那些。"他笑得不太舒服。

索菲清清嗓子。

"我不知道他有……"

任何孩子。

"你叫什么?"他友善地问道。

"索菲。我在这里教物理。"

"哦,我为了毕业,选了物理学的课程。"利亚姆说,"物理学和社会学,最简单的课。午饭过后我要去找助教帮忙。我念的是艺术专业。"

他说完笑了起来。

"但我不确定助教会不会帮忙。"他用怀疑的语气说道。

"为什么不会?"

"我的水平在可帮线以下。"他说着将两只手叠放在一起,"我最后总是会问他们私人问题,分散注意力,然后我们就会去喝咖啡,我会给他们看我的画。实在是一场灾难。"

杰克从来都不会像他那样分散注意力。他们外表上的相似性显而易见,但所有无形的特质都不尽相同。利亚姆完全没有杰克的阴暗面,但又继承了他面孔的每一寸。索菲不想让他离开。

"我很愿意看一看。"索菲宣称。

"不是,"利亚姆说,"我无意打扰……"

"我是说真的。"

索菲的语气很坚定。

"请。"她的语气多了一些亲切。

利亚姆这才勉强同意。

他从背包里掏出一台平板电脑,将索菲介绍给女朋友达雅。达雅也是艺术生,长着一张杏仁形的小脸,鼻子纤细,嘴唇很薄,一头黑发光亮耀眼。

"你看起来很面善。"达雅说道。

索菲露出微笑,并未揭开谜底。几十年来,这句话她已经听过无数个版本。毕竟她的证据引发了全球轰动。她的样子曾一度是热门的万圣节前夜造型之选。一头金发,一本满是手写方程式和表盘速写的笔记本,外加一件耶鲁大学的运动衫,这样你就能成为索菲·琼斯。全套行头被装在一个真空封装的塑料袋里出售。当然了，随着时间流逝，索菲上了年纪，不再是她标志性的样子，也没有再创造历史，或者登上新闻报道。她的理论依然留在教科书中，但她的头部特写图片却被移除了。不联系具体背景的话，她的名字依然会在人们的脑海中敲响警钟，但记得她的年轻人越来越少。

利亚姆在屏幕上调出他的课后作业。

然后他开始害羞地介绍他的问题集。

接下来的半小时，人群陆续离开，餐厅里安静下来。达雅向索菲告别，去赶她的下一堂课。与此同时，索菲尽最大努力帮助利亚姆。他的有些问题，她能给出全部答案，但有些时候，他实在是太像他的父亲，她只能点头或摇头。

"加速度的单位是 m/s^2？"利亚姆问。

索菲点点头。

"太疯狂了。"

利亚姆将数字 2 上方的弧线画得十分优美，像是在画一幅画，而不只是在写一个数字。索菲看到他的动作，想起杰克要见她母亲的那天早上，打理发型时是多么的一丝不苟。她想起杰克整齐叠放的文件，它们的边缘像砂岩的纹理一般完美对齐。这些不是闪回——只是记忆，朦胧却珍贵。它们一个接一个地出现在她的脑海中，提醒她是多么彻底地交付了真心，而且再也没有拿回。在那之前，或者从那以后，她都再也没有恋爱。和杰克在一起的时光，已经烧毁了她的神经，她再也无法获得那样深刻的感觉。她无法想象还能如何完美地适应其他人。感觉他们共度的时光就是她所做过的最重要的大事。

"该死，"利亚姆说，"我弄出来一个负速率。"

索菲眨眨眼睛，然后检查他的运算过程。

"可能出现那样的情况吗？"他问。

"不可能，速率是一个标量。"

他像是听呆了的样子。

"那意味着，它永远都是正数。"

"是的。"

这一次，索菲给了他明确的解释。

利亚姆继续做题。

她一步一步地帮他，直到他圈出屏幕最下方的正确数值，夸张地结束这一题。索菲指导他解完剩下的问题，每一个概念都解释得非常简明。她大部分时候都以提问的形式提出建议，引导他自己做出推断。

"我们完成了。"利亚姆喜笑颜开，"谢谢。"

他的一只手臂穿过了背包的包带。

"那些助教根本做不到。"

"那我们下次再见。"她说。

他的笑容将她也点亮了。

然后他们告别。

利亚姆推开门,消失在阳光中。索菲走进洗手间里的一个小隔间,锁上门,将滚烫的额头贴在冰凉的金属门上。儿子?怎么会?她第一次害怕知道答案。

索菲一路弓着腰,从西利曼餐厅步行回家。走到希尔豪斯街的住所门前,她停下脚步,从这里往下的第三座房子,依然是彼得和玛吉的家。十年前,耶鲁校方将这座十九世纪的宅邸提供给她居住,她原本是拒绝的——只有她一个人住,实在是过于宽敞。况且,她沉浸在自身思想世界的时间比生活在外界的时间还多。这样奢侈的条件,对她来说简直是浪费。但委员会坚称,鉴于她所做出的贡献,这座住宅给她使用再合适不过。于是她便接受了这套有两层楼、三个卧室的奢华住宅。她留下了里面的复古风格家具。椅子、沙发能有什么区别?错综复杂的事物总是让她难以理解。

她走进门,在距离大门几步远的一张褪色的黄色沙发上坐下,脱掉平底鞋,露出涂有白色指甲油的脚趾。两只大脚趾上都有一个深蓝色的新月图案,是她自己拿牙签画的。她看了一眼洛克斯特手表,利亚姆、达雅还有她想远离的几乎每个人都戴着这款黑色手环。全世界有十分之一的人都拥有这款设备,它就和曾经的苹果手机一样无所不在。有长达几十年的时间，洛克斯特一直是杰克在奥林匹斯公司的最大投资对象，而且他每年所取得的两位数收益率中，绝大多数都是洛克斯特贡献的。他投资一家手表公司，投资时间业务，是否和她有关系？她曾经想象过，他在交易时，手上承载着一份情感压力。或许他把这当成一种方法，为了在分别的岁月里也能靠近彼此。不过，那种想法总让她感到过于自恋，不愿深入去想。

她用一只手抓住自己的脖子，再次打开杰克的维基百科私人生活的部分："克里斯托弗注重隐私是出了名的，他从未有任何一段感情曝光在公众面前，他从未订婚或结婚。他有一个儿子，名叫利亚姆·卡尔森，其母莉莉·卡尔森是纽约的一名法律援助员。据报道，她和克里斯托弗关系和睦。"

她惊讶得出了一身冷汗。

她怎么会错过这一段？她当然读过这篇介绍，读过几十次，但距离上次阅读已经有一段时间。她觉得，她一直是在被动地跟进他的情况。他经常出现在新闻报道里。每次他出现在电视节目中，她都会寻找他有没有戴婚戒。没有。她偶尔会在谷歌搜索他，但并不经常。一想到他就在那里，她至今仍感觉心痛。她当然读过维基百科的这个页面，但……这部分信息当时就已更新了吗？是她为了保护自己而屏蔽了这一段吗？或者她只看见了自己想看的东西？

她将莉莉·卡尔森的名字输入搜索栏，然后点击图像搜索的按钮。

屏幕上出现了五十张不同的肖像照片。

她将搜索信息换成"莉莉·卡尔森，法律援助员"。

首排基本都是同一个女人的照片。索菲先点开的是一张职业大头照，放大后的照片里，莉莉有着最温暖的笑容。深褐色的利落短发更凸显出她丰满完美的脸颊。浓密的眉毛下，她的棕色眼睛满含笑意。在索菲的想象中，莉莉是那种经常笑的女人，交友广泛，会同意每一份邀请。

她和杰克是怎么认识的？

他们在一起多久了？

杰克喜欢她的乐观向上吗？或许莉莉能摆平他纠结的每件事——孤独，或对一个目标的异常专注，而索菲却只会放大。

还有其他女人吗？

除莉莉外？

大学毕业以后，索菲只同意过几次约会。证明块体理论后，她恢复了一些活力。玛吉看到她的改变非常高兴，热情地提出可以安排索菲和邻居的儿子见面。索菲不想扫玛吉的兴，于是就乘北方铁路的列车前往纽约，和汉森·劳伦斯共进晚餐。汉森来自弗吉尼亚州，即将年满四十，一开始就滔滔不绝地说了一大段话，最后也没有问索菲任何情况，而是开始详细讲述自己每月一次的得克萨斯狩猎之旅，他从直升机上猎取大型猎物。他用照片向索菲展示了他在纽约、休斯敦、阿斯彭和伦敦的家。在那场幻灯片一般的展示中，索菲只看着自己的洛克斯特手环。汉森的所有姿态都不是出于爱。索菲看到的全都是隔阂，全都是自负。汉森之后，玛吉又安排了几场约会。索菲从没同意和那些人见第二面。

最后，玛吉不再帮索菲介绍男人。人们认为她的孤独是一种选择。再说了，物理学家比一般出身的人古怪，人们都能接受。对于深刻的思想家来说，孤独的生活并不少见。

太阳开始落山了。

窗外天色暗了下去。

索菲走进厨房，用水壶烧水泡茶。她转动炉灶的调节旋钮，点亮一个蓝色的火焰闭环。她没有像马尔奇克夫妇那样，给家里安装智能设备，而是还用着搬进来时的手动水龙头和木头橱柜，连墙壁也维持着原本的简陋模样。马尔奇克夫妇每次上门，总会惊叹于她的简朴。其余来过她家的人就只有父母。伊莎贝尔和罗杰每年会乘坐火车来两次，参加她那堂著名的块体理论学期结业讲座。到了感恩节、圣诞节和国庆节，就换了她回去探望父母，那时她和伊莎贝尔经常去徒步。

若干年前，就是在一次这样的林间跋涉中，她们在家附近看见了大雁。是伊莎贝尔先发现的，两只优雅的加拿大雁正滑

/ 221

翔飞越一个水草丰茂的池塘。地上铺满了腐烂的落叶，还有长满蘑菇的枯木、幼小的松树苗，泥土散发着芬芳。周围听不见一丝声响。索菲看着那对大雁，好奇动物们没有复杂的语言，是如何建立起如此强韧的关系的。那年晚些时候，她和伊莎贝尔又回到这条步道，发现只剩下一只大雁。伊莎贝尔解释是邻居家的一只狗咬死了公雁。接着她又说，大雁是严格的一夫一妻制动物。它们不仅会终生为伴，而且当一只被杀死后，另一只会停留在原地，直到不得不离开。

水壶发出嘶叫。

她将烧开的水倒进一只杯子。

从那以后，索菲有时会想象自己是一只大雁，依然停留在上一次与杰克见面的池塘。不过，现在是和他的儿子一起。

索菲在彼得从前用过的办公室里等待利亚姆。彼得退休后，她继承了这个房间和里面的家具。她添了一只相框，里面是父母的照片，旁边的照片是她第二次参加纽黑文半马赛时与马尔奇克一家四口拍的。

彼得的挂钟嘀嗒作响。

自从上周遇见利亚姆，索菲每天都在西利曼餐厅吃午饭。她选择坐在远处的角落，点一只果冻三明治和一杯冰茶。身后就是墙壁交会的地方，餐厅的脊柱就在她背后几英寸远的位置,她因此拥有了观察他的最佳视角。他会像杰克以前一样,用冰水稀释蓝色的佳得乐饮料吗?不过,她不想在他身上寻找杰克的影子。她之所以被他吸引,并不只是想通过他来获得杰克及其母亲的消息,她莫名其妙地觉得自己必须保护他。如果他经常在这里吃午饭,那么她也需要过来。但他却再没来过。

门口传来敲门声。

利亚姆站在那里微笑。

"嗨!"她起身与他握手。

他穿一件浅粉色的亚麻衬衫。褶皱赋予了面料深度,隐藏起他的胸部轮廓。索菲示意他也在圆桌边落座,感觉自己也像马尔奇克教授一样手臂僵硬。和马尔奇克教授第一次见面时,他也像这样示意她坐下。利亚姆坐下来,将平板电脑放在面前。索菲几乎没仔细看过那台电脑。现在靠得这么近,她在他身上看见了莉莉的影子。莉莉的颧骨极为美丽,像是给她的笑容两边各加了一颗心。这也就使得利亚姆的脸比杰克要宽。莉莉柔弱的小嘴柔化了他的下颌线。索菲在其他部分也看出了莉莉的影子,虽然不是完全的复制,但能看出痕迹。

她强令自己发言。

"你好吗?"她问。

"好!"利亚姆竖起大拇指。

他的手上有白色的斑点。

"你今天早上画画了？"

他看看自己的手，笑了起来。

"你怎么知道的？"他挠了挠头问道。他的耳廓上洒着几颗雀斑，有一颗点缀在耳垂背面。她没想到那个部位也会经常晒太阳。

"你在忙什么呢？"

"我的毕业展。虽然还有几个月时间，不过应该是我到这里念书以来的最佳作品。一旦上了心，你总是会更加刻苦。"

"是实话。"

接下来是一段停顿。

利亚姆点点电脑屏幕，调出他的问题集。

"那么——"他说道。

"你喜欢这里吗？"她问。

她将多纹脉的双手十指交叉放在桌面上，窄窄的肩膀面对着他。

"喜欢。"他说道。

她等着他继续说。

"最喜欢这里的人，"他继续道，"我在这里遇见了达雅。而且学校很美，我能做我喜欢的事。"他说得很开心，还不时露出笑容。

"你毕业后想做什么？"

"画画。我每天都想画,想尽可能多地画。"

她等着他继续说。

"这也就意味着,我必须更多地卖出我的作品,或者画更多画。"他笑了,"谢天谢地,会有几个交易商来参加展出。有人告诉我,他们能帮我进入画廊和一些叫不上名字的地方。"她沉默显然是因为好奇,他再度屈服。"不过相比起抵达任何地方,我更在乎的是每天做什么。"

"有意思。"

"谢谢。"

"你在艺术学院一直以来都能得到你所需要的帮助吗?"

她眯缝着眼睛,表情很认真。

"他们都棒极了。"以前有别人问过他这些吗?或许还要除去达雅?他坐直身体。"主要是因为他们信任我。我的导师和我一样,都赞同艺术应当反映你的内心。伟大的艺术是经验与时间的混合产物。

"达雅和我上周去了一个达达主义[①]艺术展,我不喜欢那种艺术风格。他们的拼贴方式很粗糙、暴力,将工业元素、人体部分和杂志图案(比如随意的字母)混搭在一起。但那是对

---

① 达达主义(Dada),一场兴起于第一次世界大战时期的文艺运动。达达主义拒绝深远的意义和高深的品位,艺术家们以一种戏谑甚至是挑衅的态度,随意组合、堆砌、破坏既有的概念和物品。

时代的一种反映,所以是一种伟大的艺术流派。我认为,艺术家就是一群用绘画来描绘周围世界的人。不同的艺术家选择的工具也不同。有些人选择绘画,有些人选择雕塑、拼贴,或者——"

"物理?"

她笑着说。

"对于你来说,或许是这样。但对我来说不是。"

"你的展出作品进展顺利吗?"

"顺利,除了最后一幅画,不过我最终还是会完成。"

她等着他继续说。

等了又等。

他笑了。

"好吧,"她最后说道,"我们能开始了吗?"

利亚姆傻坐在一张洒满阳光的长椅上,他刚离开索菲的办公室。

她是谁?

她对他过于慷慨,但他对她依然所知甚少。在不慌不忙又亲切地了解过他的艺术专业后,她指导他做了一小时的简单数学题。整个过程中,她从没失去耐心。她聚精会神地应对他的密集提问,仿佛为他的每个问题都赋予了尊严。她甚至专注到连电话响了都没有接。她表现得就像是全世界她最希望待的地方就是这里，最希望做的就是复习基础物理知识。解决掉最后一个问题后，她提出下周还可以继续帮忙。他当然同意了。但是设置助教的目的，不就是为了保护教师的时间不被打扰吗？他感觉自己对这个中年女性提出了不合理的要求，为此心里很过意不去。

他抬起手腕，用洛克斯特手表中的图像过滤器搜索"索菲，耶鲁物理学家"。一百万条结果，难道真的有一百万张她的照片，或者与她有关？他向下滚动页面。科汉总统？年轻许多的索菲在和他握手，背景毫无疑问是白宫的柱廊。在下一张极小的照片中，索菲的旁边站的是系黑领结的奥巴马，是在诺贝尔奖颁奖典礼上。她荣获的是物理学奖。下一张里的索菲走在布宜诺斯艾利斯的巴西大使馆旁边。那座大使馆是一座类似美国国会的拱顶建筑。标题提示那是一次全球科学大会，索菲担任主发言人。利亚姆放大下一张照片，是索菲·琼斯款的万圣节服饰。

哇哦。

索菲·琼斯。

当然。

块体理论的证明人。

他在高中时曾学过。索菲用马尔奇克定理证明了它。经历过那一时刻的每个人都表示,当时的记忆经久难忘,而且所有的细节都异常清晰。那个事件触动了全世界的人。艾萨克·牛顿、阿尔伯特·爱因斯坦、史蒂芬·霍金,科学家的名字镌刻在每个人的意识之中,甚至镌刻在画家的意识之中,索菲·琼斯的名字也一样。他刚刚见的女人不是随便的哪个索菲,而是那个索菲,他却把她的帮助视为理所当然。她就是本世纪那条重要理论的证明人。

那么她为什么会关心他?他刚刚出门时,她问他是怎么找到那家餐厅的。他喜欢耶鲁提供的食物吗?他有没有好好补水?就像是和他的母亲在交谈——她在保持专注这件事上是有天赋吗?

莉莉有一颗自由的灵魂,慈爱而无偏见,但算不上最用心。她从来都不能确定一个具体的见面时间。相反,她会建议一个半小时的浮动范围,为此她很少准时。她每晚提供晚餐的时间都不一样。他们住在第九大道和莱克星顿大道交口的一套公寓里,他还在三一学校念书时,他们的晚餐时间有时候是晚上六点钟,有时要到九点。莉莉永远都无法提前告知他们当晚的吃饭时间。她当然也会问利亚姆一些私人问题,但从来都不会如此具体,也不会一连问这么多。她对待生活的态度发自内心,可以说是完全正常的。一天结束的时候,他在耶鲁是高兴和健康的。

但索菲却在真正地倾听。

索菲·琼斯。

他尴尬地捂住眼睛。他上的是为非科学专业设计的概论物理学课程。虽然他做得有些艰难，但他知道他的课后作业都简单得吓人。她难道不应该全神贯注于有关空间与时间的更为宏大的命题，而不是他这个学生的艺术展吗？她那个阶层的人应该都很忙，他的爸爸就是。利亚姆几乎不了解他。再说了，天才难道不应该是自命不凡的家伙吗？他们不是应该利用偶像光环吗？比如毕加索就以可怕的个性而闻名，他人生中出现的七位重要女性里，两个发了疯，两个自杀了。索菲却为人和善。为什么这个世界上最聪明的女人却完全不明白自己的重要性？

接下来的一周，利亚姆出现时穿的是一件崭新的白色牛津布衬衫和一条系腰带的卡其裤。他走进索菲的办公室，看起来像是一位参议员。

"下午好。"他招呼道。

他们握了手。

"你好吗？"她友善地问。

"很好。"

"你的艺术展进行得怎么样？"

他们仍坐在上周的位置上。

"很顺利。"索菲感觉他话没说完,"今天画了些素描,还花了比平时更多的时间解答这些问题。我真的尽了最大努力。"

这一次,利亚姆在电脑上打开他的课后作业,每个问题下面的空间都凌乱地写满了方程式,而不像平时那样是一片未经尝试过的空白。他看上去比平时紧张一些。他用谷歌搜索过她吗?对父母讲过她的事吗?午后的阳光照暖了整个房间。利亚姆将袖子卷到肘部,索菲的目光不受控制地被吸引到他小臂上熟悉的黑色毛发上。他戴着一条贝壳手链,将洛克斯特手表衬托得愈发显眼。就像看到了一张照片,内容是她曾经住过的某个地方,虽然现在有了变化,但依然是她的家。

利亚姆从裤子屁股口袋里掏出一本巴掌大的素描簿,放在桌子上的一边,开始描画索菲的眼睛。

"你在画什么?"她问。

"展出的最后一幅作品。"

她等着他继续说。

"我所有的作品一开始都是用铅笔画的。"他将素描簿翻回第一页,那是达雅的脸庞,浮现在一片月光灰的阴影中。和真人极为相似,只不过他将她的头发换成了花梗,花朵绽放在她的锁骨之下。"这幅肖像也是将要展出的作品。"

"真美。"

"谢谢。"

"你的展出有主题吗？"

"没有特意想过，"他承认道，"不过每件作品都联系着我的某段感情关系。"他翻到第二幅达雅的肖像素描。这一幅将她的身体画成了一根弯曲的花梗。叶片从她的手臂生出。这让索菲想起萨尔瓦多·达利的作品《燃烧的长颈鹿》。在那幅作品里，中心人物的一条腿上分布着几个橱柜抽屉。她的胸部也是一只抽屉。她站在沙漠中，远处有一只长颈鹿，脊椎正熊熊燃烧——真是充满想象力的画面，让人震惊。索菲热爱达利。利亚姆也有着同样的将幻想编结为现实的冲动，但在他的笔下，编结的过程是优美的。

他用拇指翻开素描簿其余的页面，像播放幻灯片一样展示了其余素描作品。之后他用手指将最后一页按在硬壳封底上。画的是那个人瘦削的身影——但是做了变形处理。画面里杰克的嘴是一个钟表盘，他的西装上衣盖满了洛克斯特的字样。利亚姆显然不满意这幅作品，在上面画了许多锯齿线。黑色的毁灭性闪电线条击中了其中的一些细节。利亚姆合上素描簿。

他强作出笑容。

"那一幅还在画。"他说。

那幅肖像实在是不好看，索菲感觉必须维护杰克。

"他是个复杂的人。"

利亚姆呆住了。

索菲当然认识杰克。利亚姆和索菲刚遇见时,她就承认了。她说他们很像,所以利亚姆才认为她念大学时就认识杰克。还有一次,也是在类似的情况下,一位在十字校园偶然遇到的教授也向他做了自我介绍。是理查兹博士,曾和杰克一起上过"冷战"相关课程,如今在这里教授历史。不管索菲和杰克曾经有过怎样的关系,利亚姆原本猜测一定都很粗浅、短暂。杰克不曾培养过和任何人的关系,哪怕是与身为家人的莉莉和利亚姆。但是索菲的评价——他是个复杂的人——却满含爱意,说明他们比利亚姆以为的要更熟悉。他突然间明白了,她为什么要帮他,因为她曾经与杰克很亲近。

"唔。好吧……你或许比我更了解他。"他耸耸肩,看上去很脆弱,"我和我的父亲其实不怎么说话。"

"我很抱歉。"

"不用,那就是生活。"

他的语气低沉下去。在他陷入内心世界的时候,索菲却产生了怜悯之心。她也在抗争同样的命运,那便是与杰克的永久性联系。她想要确保利亚姆无事。

她指着那本素描簿。

"你想用那幅画表达什么?"她问。

索菲看起来是发自内心地关心,所以他想要告诉她更多。而且,他一直都是个开朗的人,喜欢和她说话。她是一个出色的听众，就好像有四只耳朵和两颗心。

"你真的想知道？"他问。

她点点头。

"好吧，正如我所说的，伟大的艺术反映的是作者的内心。所以，你那个问题的答案有点私密——如果你不介意。"

她再次点头。

他深吸一口气。

"我不知道我要说的事情你了解多少。我妈妈和杰克在我出生很久以前就分开了——我出生的几个月前吧。我想他应该不想让我妈妈生下我。我是说，他不想让我妈妈经历这个过程。我妈从来没说过，我也怀疑他是否有过明确表示，但是……他是一个好人。他一直在负担我的学费，只是我从来没和他一起过过周末。你明白我的意思吗？就是说他不在我身边。他供养我，但是我想他应该从来都不想当我的爸爸。"利亚姆脸部的肌肉抽搐了一下，仿佛这个词的滋味很糟糕，"妈妈说他很'冷酷'，但……"

他摇摇头。

"但……"索菲催促他继续。

"他倒不是冷漠。他在乎很多事情——但都是工作上的。他真的认为每天上班就是在完成他的使命。大部分人都认为，他们干的只是一份工作而已，但他的工作一定是他内心的一种表达。"利亚姆停顿片刻,"我有一点能理解他的那种做法,因为我画画,不过并不完全相同——他似乎并不享受其中。我的理论是,我想他受过伤,但是他像蛤蜊一样闭口不言。"他转动手腕,将双手贴在一起,像合上的扇贝那般,"他将自己与世界隔绝开来,或许吧,我说不清。"

"抱歉。"

"为了什么而抱歉?"

她低下头。

"因为我提起了他。"她说。

"没关系。"

他用微笑来让她安心。

"我每隔几个月会给他发一封邮件,把我的近况告诉他。他有时会回复。"他耸耸肩,"但我妈一直在我身边。"

他的平板电脑进入了屏幕保护模式。

"所以你上大学时就认识杰克?"他问。

"是的。"

"他当时是个什么样的人?"

索菲想起大二那年和杰克一起躺在伯克利庭院吊床时的情景。夕阳为四周的校园镶上了一条金边。平装本的诗集《星尘》像帐篷一样搭在她的胸前,杰克胸前放的则是《重塑纽黑文 1900—1980》。他有一堂课要求阅读那本书的第三章。他身穿一件绿色的马球衫，袖子和领口都破了。索菲透过裂口能看见他棕色的皮肤。

"我该和谁一起吃饭？"他问。

"是啊，"她确认自己提出的问题，"如果你今晚有机会和除我外的任意人士一起用餐，你会选谁？"

"或许是我爸爸。"

他们来回摇晃着吊床。

"为什么？"她问。

"想看看他好不好，过得怎么样。"

她还没回答利亚姆的问题。

"他当时是个什么样的人？"

她将衬衫的两片衣领拉到一起。

"他是个奋发努力、勤奋工作的人，非常专注。我敢肯定，这些你都知道。"她试着在不透露太多信息的情况下，尽量解释得全面。她不想坦白她与杰克的关系，那样或许会让利亚姆不自在，把他逼走。"我从来不觉得他自私。有些人想要实现自我。但我一直认为，他是因为受了他人的激励。他是为了追求某种比他自身更宏大的东西。"

利亚姆点点头。

"这里的许多人都是那样，"他说，"我是说奋发努力。他们很低调，不理会周围的人和事，只是杰克做到了极致。我当然也在乎我的工作，但我更在乎达雅，还有我妈，在乎身边的人。"他停顿片刻，"当你能达成平衡时，人们就会看轻你。当你对感情和工作同样在乎时，人们就会评判你。没有人说过这些，但你能看得出来。这里的人其实并不尊重这样的做法。"

"听起来很熟悉。"

利亚姆等着她继续发言。

"我也碰到过类似的情况，"索菲小心翼翼地说道，"在本科时代，我更在乎我的感情——好吧，尤其是某一段感情关系——人们就认为我没有完全发挥出我的潜力。我一直都不喜欢那种说法，就好像爱情和工作是需要取舍的两种东西。但实际上，爱能增强一切。"她深呼吸一次，"我说这话听起来可能有些奇怪，我知道人们怎么看我。人们将会记住的，是我的定理，我的思想。人们不知道，我最大的天赋其实是……"我的心。"人们将会怎样铭记我，我并不在乎，但我觉得有趣的是，误解竟然如此严重。"

她低头看着那台平板电脑。

"好了，"她又说，"或许我们应该做些物理题。"

一周后，利亚姆再次来到索菲的办公室。

又一次。

又一次。

每周四下午四点,他们都会坐在她的圆桌旁相同的位置。他们的谈话至少有一半时间与物理学无关。索菲用一个接一个的问题来发掘他的内心。他在哪里长大?在上东区和妈妈一起。他觉得哪里是他的家?达雅在的地方。他们在一起多久?大一新生集会时就认识了。她当时穿一条亮橙色的连衣裙,戴金色的环形耳环,一笑起来,那些圆环就像闪闪发光的赤道一样炫目。他从前就一直想画画吗?是的。成长过程中,他总是忍不住在妈妈的公寓墙上涂画:细瘦的新月、密集的繁星、浑圆的太阳。他的注意力为什么会聚焦在外太空的影像上?他每年只能见到杰克两次,杰克来的时候,总会拿一本都是星星的杂志。

"谢谢你花时间见我。"利亚姆说。

每周四他们都这样告别。

在这期间,利亚姆从耶鲁书店买了一本新的素描簿。他需要完成杰克的那幅素描。将要展出的其他作品都已经完成:三幅达雅的帆布油画,两幅莉莉的,两幅伯克利学院的,还有一件作品画的是他住了四年的宿舍,最早的部分是他大一时画的,后来在大四时又添了一幅,做成双联画。利亚姆一页接着一页,素描杰克的肖像,但感觉都不够真诚。每一幅都被他用闪电般的斜杠叉掉了。索菲问过他,和杰克的关系好不好。说实话,利亚姆也不确定。其他的肖像之所以完成得更容易,是因为他知道他对画中人的感觉。

"这样对吗?"利亚姆问。

他敲敲刚在平板电脑中写下的数字,眯起眼睛露出怀疑的神色。索菲从头到尾读完他的数学解题过程,然后顿在那里。

他已经来了一小时,但他们才刚刚开始看他的问题集。他睡得好吗?达雅怎么样?索菲为了照看他而花费的大量时间——以及获得她的私人指导这项巨大的特权——开始让他感觉不对劲。他揉揉眼睛。她太过好心。他试过平衡他们之间的对话天平,但她的适度使得他几乎不可能做到。维基百科填补了一些信息缺口,所以他知道,她一直没结婚,也没有孩子。他知道她住在希尔豪斯街,出了名的不喜欢社交,但她个人生活的其余部分却像是一个黑匣子。她在大学时代究竟是怎么认识杰克的呢?他从没过问。这个问题感觉很唐突。

"你为什么会成为一名教授?"他问。

"唔?"索菲不解。

他停止揉眼睛。

"它出去了吗?"杰克在他们的两室公寓问道。他的左眼蓄满泪水，眼神写满紧张。他眨着眼睛，一条细流从他的脸颊流淌下来。索菲双手搭在他的肩头，仔细观察他的眼睛，他衣服的肩膀部位因为户外跑步依然是湿的。

"是的，"她说，"没有虫子了。"

"我的眼睛还好吗？"他问。

她的表情很严肃。

"小菲，我的眼睛是什么颜色？"

"白色。你被诅咒了。"

"小菲！我说真的。"

"抱歉，眼睛真的没问题。"

"那东西直接钻进了我的眼睛。"

杰克看上去很紧张。

"我保证，"她说，"我看了。"

"好的，谢谢。"

"只不过中了一个小诅咒。"

"索菲！"他咧嘴笑着叫道。

"真的很小。"

他笑了起来。

"好吧，好吧，"他说，"你知道，你很幸运，我爱你。"

她亲亲他的额头。

"是的，"她说，"我是很幸运。"

"我只是感觉，我在浪费你的时间。"利亚姆说道，"我真的很感激。我感觉自己非常幸运，但是……我不知道。你想教学吗？"

利亚姆的粉红色眼皮因为泪水而黏在一起。索菲深情地看着他。他似乎饱受煎熬的样子，担心对她造成负担。她决定不回避他提出的所有问题。她也斜靠在椅背上，和他的姿态形成镜像对照。

"好吧，我没想到话题会引到这里。"

"哈，"利亚姆说，"你给人的印象就像是一个规划师。"

她露出微笑。

"你真的想知道吗？"她问。

"是的。"

索菲的脑袋歪向一侧。

"对我来说，这涉及理解我看不见的东西。"她解释道。

"什么意思？"

"哦，这很无聊。"

她将头发别在耳朵后面。

"一点也不无聊。"他坚定地说。

"好，"她试探性地说道，然后挥手示意周围，"以空气为例，它存在，但我们却看不见，它实际上是由氮气、氧气、二氧化碳和氩气这些气体组成的。因为重力,它依附在我们的星球表面。当它在我们周围旋转时,我们就感觉到风和天气变化,它还能传输声波。"利亚姆似乎没跟上。"或者传导磁力。地球有自己的磁场,从地下深处一直延伸到太空。磁场能保护我们免受太阳粒子的危害。"利亚姆看上去还是很困惑。"或者传播光。闪电击中大地之前,空中都会出现电流,对吧?我想说的是,这些东西你都看不见,但你能感觉到它们,而物理学家能将它们证明给你看。你看不见它们,但物理学家却能向你展示,它们就在那里。"

"哈——"他将字音拖得很长。

"能听懂吗?"

他点点头。

"你看不见,但你知道存在的东西。"

"是的。"她说。

"就像有些人。"

"正是。"

敲门声将他们两个都吓了一跳。

"琼斯教授?"一个女孩胆怯地探头进来张望。

利亚姆站起身。

"谢谢。"他匆忙说道。

然后他拿起平板电脑——几乎面无表情。

"我们还没说完。"索菲抗议道。

"你已经帮我很多了。而且我还有一幅画需要……"他挥舞着一支看不见的画笔,"谢谢你抽时间指导我。"

"一切照常。"

索菲走上讲台,这是本学期最后一堂课。今天,她将解释她那项著名的验算,也即马尔奇克定理。讲堂里挤满了人,都在嗡嗡地交谈。人群挤在桌椅之间的走道里,有些人盘腿坐在地毯上。马上就要到下午两点钟开课时间了,还有人在不停地走进来。

彼得坐在第一排,玛吉的旁边。他们像往常来上这堂课时一样,提前二十分钟就来了。彼得的脸圆润了些,不再像从前那样棱角分明。在他下颌骨的交会处,不再是一个箭头般的尖下巴。他幸福的脸上撒上了沙褐色的老年斑。他的一切都变柔和了,玛吉认为是"心态平和"所致。在玛吉的另一边,伊莎贝尔和罗纳德手牵手坐在那里,旁边则是他们的护理员——一个名叫乔伦娜的年轻护士。伊莎贝尔的指甲涂成和头发一样的白色。索菲露出微笑。

"早上好。"她说。

她的声音虽然温柔,却引人注意。

"今天,我将描述马尔奇克定理……"

彼得还记得，他第一次读到这个名字，是在他们乘火车前往剑桥大学的路上。索菲当时要去那里展示她的证明过程，听众足够坐满一个体育场，而且都是水平最高的同行。新闻媒体已经抵达现场，等待着报道她的成功或失败。她的最后一页证明材料就在彼得的膝头。一百页的日志，他一行一行地浏览完毕，以防索菲在下午的展示过程中遗忘，需要他提醒下一步。她没有要求过，但他想帮忙。彼得读到最后才看见那个名字：马尔奇克定理。

"谢谢。"彼得诚恳地说道。
英国乡村风景从窗外划过。
索菲摘下一只入耳式耳机。
他是听见雷·查尔斯的歌声了吗？
"谢谢。"彼得又说了一遍。
"不用。"

索菲从没解释过，她为什么没用自己的名字给定理命名。彼得推测，部分原因在于，她想尽可能地保持低调。还有部分原因，一定是出于她对他和玛吉的爱——她确实很珍惜他一直以来所付出的时间，她确实觉得，是他们为她敞开的家门，引导着她走到了这关键的一天。

/243

展示结束后,彼得和索菲弓着背,在英格兰一家昏暗酒馆的后部,吃两篮子炸鱼和薯条。彼得只吃了两根薯条。他看着红色格子桌布,索菲则在喝她的葡萄汽水。他吃完很久之后,她还一直在吃。彼得拧绞着双手,努力寻找合适的语言。

彼得想说的是,他知道索菲是被失去所驱使。她在他家的客厅流连到深夜,提出更多问题,不只是在寻求了解。她是在寻找他,不管他是谁,或者说是在寻找他们所拥有的东西,不管那是什么。但是和她一起坐在那家酒馆里的时候——明白她为了走到那里花费了数千个小时的时间,在挫折中所坚定的决心,在停滞不前时所付出的坚持,以及她为了这项前途不明的事业,而被迫放弃的多到令人震惊的普通生活经验——彼得突然明白了,索菲证明的是别的某件事,或许是某件只有他才能看见的事情。白板上的确有数学验算过程,那是一回事。但是他在索菲的生活中,看到的是另一种验算。她通过自己的选择,证明了她对她所失去的那个人的爱,超越了怀疑的阴影。彼得想告诉索菲,他佩服的不只是她的思想,还有她的心,他为她感到骄傲,就像……但是所有的语言似乎都不合适。

彼得转头看一眼玛吉,然后握住她的手,他为索菲感到骄傲，就好像索菲也是他们家的一员。

开课几分钟后，后门打开又咔嗒一声合上了。陆续走进来三个学生，他们消失在最后一排的人群中，打断了索菲的思绪。这个讲堂里有多少双眼睛？至少有四百只眼睛在盯着她看。她将视线集中在熟悉的那些脸庞上：她的父母、马尔奇克夫妇、整个学期每隔几张幻灯片就会举手提问的那个女生、每堂课都会吃掉一整碗麦片的男生，以及他那个总喜欢把前面的椅子当搁脚凳的朋友。

利亚姆和达雅从后门进来了。他们手牵着手，弓着身子沿中间的过道走到教室前面，然后跨过第一排，坐在距离讲台只有十英尺远的地上。利亚姆冲索菲挥手示意，直至达雅强迫他放下手。

索菲笑了起来。

"正如我刚刚所说……"

下课后，学生们排着队等待索菲。为了避开喧嚣，她的父母同乔伦娜和马尔奇克夫妇先行离开了。索菲向排队的每一个人问好。利亚姆排在队伍最后，一只手将达雅搂在怀中。握手的间歇，索菲看了一眼他们两个。达雅穿着一件长度接近膝盖的牛仔外套。利亚姆的T恤一侧，有一个用银色漆料描画的撒号，足有一英尺长。利亚姆亲吻达雅的太阳穴，或者握着她的胳膊时，最像杰克。这对小情侣似乎完全不介意排队等待。索菲和学生们一个个握手，终于队伍中只剩下三个人。

"索菲！"利亚姆抱住她，"实在是让我大开眼界。"

"谢谢你们过来。"

"我们过来不只为学习物理。"利亚姆从口袋里掏出一本目录册，封面上描画的是一道劈向大地的闪电，还有几个碰撞后被弹飞的彗星。这是一个不可能出现的场景，却异常美丽。接下来的一页写着："相互交织：利亚姆·卡尔森的毕业艺术展。"副标题"感谢"后面跟着一长串名字。利亚姆指着名单中央，那里写着"索菲·琼斯博士"。

"我们很荣幸能邀请你。"他说。

达雅点点头。

"不只是因为你帮我通过了物理课程。"利亚姆笑着说，"我们的谈话启发我完成了一件作品，我希望能在展出现场为你详细介绍。"

索菲一边爬坡走上希尔豪斯街，一边仔细阅读那本目录册。她感觉脑部供血不足，无法思考。她先后给父母和马尔奇克夫妇发送信息，说她感觉不适，觉得晚上应该独处。等下周毕业典礼时再见。

他会到场吗?

索菲进门后随手带上门,将钥匙挂在门厅的银色支架上。

他当然会到场。

难道不是吗?

索菲爬上狭窄的楼梯,来到二楼,然后又爬上一层,钻进阁楼。屋顶是斜面的。她蹲下身子,将一只装冬靴的塑料箱挪到一旁,里面是一只落满灰尘的鞋盒。她把那只盒子拿下楼,放在客厅沙发上。里面是一沓写给她的信。淡米色的信封十分精致。她拿起一封,抽出褪色的信纸——薄如纸巾的活页纸——展开来,他的蓝色钢笔字迹像印刷体一样整洁。

索菲:

圣诞快乐!你读到这封信的时候,应该已经回到家里,我也在我的住处,我们将有一段时间不能见面。在家里我不能将你拥在怀中,以防你此刻感受不到,我想说的是,我对你的爱超乎想象。

回想过去的一年,我从没想过,会有人——你——走进我的生活,让我神魂颠倒。在一起的那几个月就像一场梦。我怎么也说不够:你美丽、迷人、友善,你每天都令我惊喜。无论何时,不管我说什么,你总会认真倾听,而且你能听懂我的意思。特殊场合制造浪漫很容易。但是当我从健身房回到家，或者当我在科学山与你见面时，我的心跳得前所未有的快。老实说，每天醒来，我都会感到震惊，我们是怎样走到今天的呢，这一切竟然真的发生了。我找到了一个理解我的人，我感到无比幸运。以前我从没遇到任何能理解我的人。

即便此刻我不在那里——但那一切都是真的。

希望能尽快见到你。

爱你的

杰克

索菲将这封信放在身旁的沙发上。

然后打开另一封。

索菲：

快乐的时光总是过得很快。感觉就像是昨天我们才第一次并排坐在心理学的教室里。以防我最近忘了告诉你下面的任何一条，为了庆祝你的二十岁生日，我就再说一遍。索菲，我爱这些时刻的你：

- 当我们并排坐着，你抱着我的腿
- 你慢慢地向下亲吻我，双手伸进我的头发
- 你歪着头努力思考某件事

- 你在睡觉前给我讲事情
- 你在我们的房间里给我留便条
- 你用"我知道"来回应"我爱你"
- 你让我觉得我能做成任何事
- 你让我想要变得更好，却不会让我觉得我需要改变。

我一直都有远大的目标，但跟你在一起赋予了它们意义

因为这些，还有其他许许多多的原因，我想让你知道，对我来说，你是完美的。遇见你，我每一天都觉得自己如此幸运。我希望你度过了一个快乐的生日，我等不及还要和你一同庆祝更多更多的生日。

我全心全意地爱着你。

杰克

她一封接一封地阅读，避开最特殊的那一封，直到剩下最后一封。那上面的"索菲"两个字写歪了，是匆忙之间写就的。是大四那年，杰克推迟他的生日晚餐那天交给她的。索菲当时已经开始做饭了，他却完全忘了他们的庆祝计划。那是他写给她的最后一封信。

索菲：

我竟然忘了时间，实在是非常抱歉。

我想借这个机会，说一些我怎么都说不够的话：我的爱人，你是如此珍贵和不凡。我知道你讨厌被单独挑出来，但我想让你知道你有多么特别，这对我来说很重要。即便你不肯承认。

　　我意识到，眼下事情并没有按照应有的方式发展，但我也知道，任何事情都不可能比我们对彼此的爱更坚定。事情混乱又棘手，但生活就是混乱又棘手的。到最后，这只会让我们变得更好，更坚强。

爱你的
杰克

索菲将这封信放在胸口。

十三

杰克停在他的小型健身游泳池里，气喘吁吁地看着窗外早已改变的纽约天际线。他将泳镜掀在发际线上，下面的皱纹很深，他凝望着外面绿色的全景风光。大学毕业以来，升高的气温已将大海引入曼哈顿，灌满了新的运河、沼泽以及绿地空间。他看了一眼洛克斯特手表上停止的计时器，游了四十五分钟。他走出泳池，擦干身体，走进他的主浴室。

行走在空荡的公寓中，他经过了一面又一面裸露的墙壁。室内装潢师原本准备了几十张大幅照片，有一张是拳王阿里的肖像照，还有一些是奔马。杰克答应会挂，但说实在的，空无一物感觉才对。他还有更多事情要做，这里不该是他停留的地方。他没有配备家具，只准备了卧室用品，以及客厅里的一张沙发，所以他的顶层公寓依然维持着无人居住般的样貌。而且,他没有客人。

在杰克淋浴期间,玻璃墙上滚动着头条新闻,旁边显示着他的体能数据。他一边洗头发,一边扫视。关水后,新闻也消失了,杰基·威尔逊①深情又古典的嗓音填满了公寓。技术已经取得了飞跃性发展,但杰克依然喜欢那首《(你的爱给我力量)让我越飞越高》。他早已熟烂于心——就像心里的一枚华丽文身。

步入式衣柜中有一根U形长杆,上面挂着西装上衣,下面则是一整圈的长裤。在他两侧的架子上,放有一百多双款式相似的乐福鞋和运动鞋。他套上一件灰色T恤和一件轻便西装上衣。虽然每天都换衣服,但都是相同的款式。他固守着相同的几种金属色调,把它们当作盔甲。乘电梯下楼的途中,他看了一眼自己整洁的影子。同样的发型,他已经留了大半辈子。

他钻进一辆黑色汽车,坐在后座。

"老板。"车上的男性人工智能招呼道。

"卡尔,请导航前往奥林匹斯。"

杰克坐在一张蜂蜜色的座椅上,阅读手表屏幕显示的新闻,直至车子抵达他位于市中心的办公大楼。

"老板,我们到了。"

---

① 杰基·威尔逊(Jackie Wilson, 1934—1984),美国灵魂乐和摇滚乐歌手,以高亢的声线、华丽的舞步著称。

杰克仍在阅读。

"老板，我们到了。"

提醒的声音越来越大。

"卡尔，停。卡尔，今天是什么天气？"

"今天气温最高将达到华氏[①]82度，最低为华氏73度，天气晴朗。"

外面黏稠的空气感觉像是热带。麦迪逊大道一号的空调已打开，迎接杰克的归来。乘坐电梯上楼前往奥林匹斯的途中，他开始浏览新邮件——发件人：利亚姆·卡尔森。没有消息概览。杰克点击打开，屏幕上出现了一个闪电图案。他翻到下一页，利亚姆的艺术展名为"相互交织"，后面跟着一个致谢清单，上面有索菲·琼斯博士。

电梯门开了。

杰克依然站在那里。

门开始关闭。

他伸出一只胳膊阻挡。

他们是怎么认识的？

他走进奥林匹斯，公司占据了整个顶楼空间。在他的头顶上方，粗粗的白色横梁向上、向下和向侧面倾斜，就像是过山

[①] 华氏度（Fahrenheit scale），温度计量单位，符号℉。华氏度 = 32+ 摄氏度 × 1.8。华氏82度相当于摄氏27.8度，华氏73度相当于摄氏22.8度。

车的轨道。橡子上长满了植物：蕨类、叶片像长矛的虎尾兰、每一条卷须下面都有叶子的墨绿色常春藤、长着白色长臂的吊兰。杰克沿着将整个办公空间一分为二的中央小路往前走。大多数分析师都站着，在高度与眼睛齐平的清晰触屏上忙碌。那些屏幕靠磁悬浮技术浮在空中，几乎与周围的空气难以区分，只有弧形边缘闪烁着转瞬即逝的光芒。

杰克走进他的办公室，关上房门。

他坐下来。

他的胃在收缩。

她会参加利亚姆的作品展吗？

就在索菲证明块体理论之后，杰克每晚睡觉时都想着同样的幻想画面：与索菲在纽黑文重逢。他想象着，她会精心措辞，回复他的邮件。他们会定好一个时间，在蓝州咖啡、阿什莉冰激凌店或者十字校园重新找到彼此。白天在那些让人心烦意乱的会议间歇，他上网搜索信息，为那个时刻做准备，寻找任何有关"初恋重聚"的科学研究。谷歌在"人们也会问"的边栏中提示：

什么是初恋？

为什么初恋如此特别？

为什么初恋最难忘？

但是杰克搜索"初恋重聚"，找到的大部分文章都毫无价值，内容要么是十大要点清单，要么一半都是广告的幻灯片。他断断续续地读了一周，没发现任何像样的信息，但总抱着一线希望，直至那天索菲提到："我有一些想法。"

于是，他便放弃了幻想。

几个月后，他在奥林匹斯公司于纽约举办的一次资金募集活动中认识了查克·布拉德利博士。与西装革履的活动参与者相比，这家位于市中心的奇普里亚尼酒店涂漆的高挑天花板也黯然失色。募集来的所有资金都交给了"赋权今日"组织，这个慈善组织致力于打破贫穷的循环。杰克作为慈善家也备受关注。他是赋权今日的董事会成员；为恶劣社区的教育方案提供个人资助；参观城里的高中，让孩子们了解金融；浏览发到奥林匹斯公司的每一份曾因缺乏经验而遭拒的简历。

那个活动夜晚，在即将进入酒吧的时候，查克自我介绍是纽约大学的一名社会科学家。

杰克与他握手。

"你在研究什么呢？"杰克问。

"初恋。"查克说。

查克表示，他正在对那些人生较晚阶段重遇初恋的人进行调查研究。杰克于是问了一系列的问题，表现得如此热情，措辞十分严谨，他甚至担心查克会误把他当成潜在的捐助人。查克在一张鸡尾酒纸巾上列出一系列相关期刊文章。

"不过那些都只是背景研究。"查克说。

"什么意思？"杰克问。

查克说他最新的研究文章《被打断的爱》才是文献中不可缺少的一环。很长一段时间里，从来没有人研究过初恋这个话题。所以，十年前，查克找到一千零二对美国情侣，年纪都在十八九岁或二十出头，都约会了至少一年，他们宣称是第一次恋爱。去年，他再次联系了当时的所有人。有二十三对已经因为环境而分手——最常见的是因为工作或上学而搬迁——但都明确地打算与旧爱重聚。查克在重聚前后都对他们进行了采访，结果将于两个月后发表在一本同行评审期刊中。

接下来查克谈起，心理学领域的伟大研究越来越少，原因就是资金不足。"进入了干旱期。"查克重复道。他一直摊着手掌，哀叹这些挑战。杰克只有点头的份儿。

《被打断的爱》按时发表了。

杰克立刻找来阅读。

查克发现，十年之后，最早参与研究的那两千零四个人里，有 73% 的人认为，初恋是他们一生中最棒的爱情经历。查克请他们对比之后的恋爱关系，然后将初恋的特别之处按等级罗列出来。在这份调查中,绝大多数人都表示,初恋是他们一生中最值得信赖、最脆弱、最性感、最让人上瘾、最快乐也是最痛苦的恋爱经历。总体来看,初恋在各方面都是最热烈的。查克对此的解释是,最能衡量恋爱质量的数据,是一起相处的时间。他引用了大量有研究价值的文献作为支持——其中有一些他向杰克推荐过——最后总结得出:"爱的关键是时间。"年轻的时候,人们拥有数不清的时间,可以将大量时间都投入在恋爱之中。"之后再想发展一段那么深刻的恋爱关系,几乎完全不可能。"

查克的文章排版十分密集,杰克刚读了十页,发现陶妮站在他的办公室,提醒他接下来有一个会议。他的五人团队每个月都会集合一次,提出新的投资意见。在董事会的会议室,他看着同事展示的幻灯片却走了神,思考着"爱的关键是时间"这句话。

一小时后,杰克继续阅读。恋爱质量的另一个衡量因素,是情侣双方对于爱情的个人信仰。年轻人会将爱情理想化。他们认为,真爱是真实的、壮丽的,能永远持续,所以他们在自己的恋爱中能看见真爱。为了支持这一点,查克援引了一篇有关期望如何影响感知的研究。随着年纪的增长,保持乐观的生活态度变得更难。人们已经活得够长,经历过朋友或家人让他们失望的时刻,见识过梦想动摇、疾病侵袭和其他的不幸。得有罕见的个性,才能保持理想主义,重新创造总看见他人最好一面的年纪里初恋般的体验。查克写道:"要找到真爱,首先你必须相信它的存在。"

最后,杰克读到《二十三对初恋情侣十年后重聚的调查结果》这一部分。那个时候,距离他上一次见索菲,也差不多过去了那么长时间。他深吸一口气。显然,一旦制定好重聚的计划,过度思考往往会对双方造成消耗性影响。索菲刚证明块体理论时,他就是那样屈服的。杰克没有滚动屏幕继续阅读。相反,他想起那天站在宴会厅里,查克摊开的手掌。他突然感觉到厌恶,做这项调查的那个男人,如此迅速地就将讨论话题转向了钱。话说回来,这位查克·布拉德利是谁,是什么让他以爱情专家的身份自居?

杰克一直没读完那篇文章。时间已经过去了将近二十五年,他依然不知道那些情侣重聚的结果。真相是,他不希望他们的重聚以悲剧告终。如果他们失败了,那他就不想知道。他想要相信,如果他再见到索菲……

利亚姆的作品展是在什么时候来着?

二〇四八年五月十八日。

利亚姆之前也曾邀请杰克去参加他的作品展。杰克从未出席,但每次他都会认真阅读目录册。在观看利亚姆的作品时,他了解到一些事。每件作品都对世界进行了如此彻底的重新排列，这惊醒了杰克，让他意识到还有多少可能性。两年前，利亚姆在一幅作品中将莉莉放在一棵奇怪的树下，树叶都是巨大的苹果切片。每一个横切面都是心形，红色果皮环绕着白色的果肉。那棵树从一个巨大的苹果里生长出来，下面是一片未开垦过的草地。莉莉靠在树干上。《神秘之树——我的母亲》这个标题精准地捕捉到她身上那份美丽的荒诞性。

贾尼丝之前参加过两次利亚姆的作品展，显然也早就见过他谈了很久的女朋友达雅。可靠依然是她的标志性特点。七十五岁的她住在公园大道上的一套公寓里，安享退休生活，是杰克为她买的，地址位于上东区。她已经订好机票，准备前往纽黑文参加利亚姆的毕业典礼。

杰克看看自己的五月行程。

杰克在公司旁边的格塔罗伯塔等莉莉，这是一家无真人服务的外带餐厅。冷气开得很足，杰克将双手放在露营风格的餐桌上，十指交叉。手表上的光剑蓝数字显示时间是上午11：55。

上周，就在利亚姆用电子邮件向他发出邀请之后，莉莉向杰克转发了同一条信息，并且询问他是否会去参加展出。杰克没有回应。总体而言，他和莉莉关系和睦。他只是还不能确定。他不知道这是不是再次见到索菲的正确方式。索菲是一个极其敏感的人。每一个细节都很重要。如果有利亚姆和莉莉在场……那这次重聚就离他一直怀揣的幻想相去甚远。见杰克没有回应,莉莉于是要求面谈。

上午11:57。

杰克还是不知道该怎么回答莉莉。这一周,他每天早上醒来都是一身大汗。以前他的身体从没有过这么大的抗拒反应。整个人生中,他的四肢总是服从命令的。他从未有过如此不舒服的时候。现在,汗水每天早上都会浸湿他的灰色床单,将它变成云状的黑色斑块,上面还分布着模糊不清的手印。他一直梦到自己受审的画面。面目模糊的公诉人控诉他犯了"一级缺席罪"。

中午12:00。

触屏菜单在四面墙壁上排成一列,高度在眼睛以下。每个人都在往屏幕上输入订单。接着,菜单像吊桥一样抬升,显示他们点的菜。格塔罗伯塔的多数顾客都端着装满食物的白碗走出了餐厅,留下来的都在独自进食。杰克看一眼手腕,咬紧牙关。除金融业外,似乎没有人明白时间的重要性——好吧,差不多能这么说,他感到很烦。

中午12:05。

中午12:15。

他约的是正午，但莉莉总是处于另一个波长。他们是在奥林匹斯主办的一个烤饼义卖会上认识的。那个下午，天空是淡蓝色的。奥林匹斯在公园大道南和26街交口出售布朗尼蛋糕，用以交换人们为"赋权今日"捐款。杰克和陶妮并排坐在一张折叠桌旁。莉莉停在他身前，她那天穿着一双磨成灰色的白色平底鞋，牛仔短裤边缘开了线，露脐上衣他认出是H&M广告上的同款。全身上下的服饰加起来只值十五美元，但她立刻掏出手机，用支付软件给他们的团队捐了五美元。杰克被她的慷慨所吸引。六个月里，她只邀请他到家里去过几次，然后就请他在客厅里坐下好好谈一谈。她告诉他，说她怀孕了，而且她一直都想当妈妈。

生活竟然失控至此。

那个词是怎么说的来着？

"熵是混沌的科学术语。"索菲的声音很温柔。杰克环抱着她，脑袋拿她肋骨下方的位置当天然枕头。"在我们的宇宙中，熵一直在增多。这个房间、床、我们——随着时间的流逝，所有的事物都变得更加无序。"杰克亲吻着她的肚脐，然后一路向下，亲吻着她髋部的平角短裤腰带，她穿的是他的短裤。

"和你有关的事情却会变好。"

"我知道。"她揉揉他的脑袋，"不是说事情会变好或变坏，而只是变得更混乱。我们的衣服会解体。我们会变老。我们拥有的事物会分裂。这就是熵。"

"杰克!"莉莉笑着招呼道。

中午 12:21。

他站起身。

莉莉张开晒成棕褐色的手臂。她穿着一条背心裙,看上去像一条拉长的 T 恤衫。每走一步,膝盖位置的裙角都像在跳舞。棕色的人字拖提醒他,她工作的霍华德与莱文公司没有着装要求。那是一家法律事务所,致力于保护正在面临房东驱逐的租户。她抱住杰克,双手——没有戴戒指——紧紧搂住他的背。

"嗨,莉莉。"

杰克示意她坐下。她落座后,双腿自然地交叉,露出灿烂的笑容。在他的记忆中,莉莉是没有痛苦的。她的感情可能会受伤,她可能会因为利亚姆而情绪激动,但她没有深刻的痛苦。她有一种无大志的快乐天性,从来都无法理解他的使命感。她会睡懒觉,忘记支付账单,忘记每天都做节育措施——杰克当初应该多留意这句声明的。杰克的弱点是有着一颗年轻人的心,不过莉莉的心态也很年轻。他认为,这就是他们从来都无法默契配合的部分原因所在。

"你好吗?"莉莉问。

"很好,你呢?"他的标准答案就是这么单调。

他用沉默作答。在这期间,他开始设想,如果他和索菲重新开始交谈,那他们会有停止的时候吗?如果他去参加艺术展——

"杰克?"莉莉问道。

"很好,你呢?"他问。

莉莉点点头。

"见到你真的很高兴,"她说,"我知道你有多繁忙,所以你来这里……我们站在同一边真的很棒。"杰克想象着和索菲并排坐在餐厅的样子。"你知道吧,站在同一个父母团队里,为了利亚姆。"

"什么?"

"同一个团队,为了利亚姆。"

"对。"

"我知道你有很多事要忙,但我不希望利亚姆的邀请落空。"她握紧双手,像是在祈祷,"我来是想当面问你,你要去参加他的作品展和毕业典礼吗?你的到场对利亚姆来说非常重要,对他意义重大。"

杰克拉起T恤的圆领给自己扇风。

"杰克?"她追问。

"唔?"

"利亚姆的毕业典礼。他的——"

四年前,卡尔停车的那条街上挤满了十几岁的孩子,他们都穿着深色晚礼服,戴着礼帽,黄色流苏环绕的是一张张欢乐的脸。杰克透过有色玻璃窗,看见家人拥抱三一中学毕业生的情景。他在去找利亚姆和莉莉的路上没认出任何一个人。最后,他们三个在人群中站成一个三角形。

杰克拍拍利亚姆的肩膀。

"祝贺。"杰克说。这个词对他来说很奇怪,真的会有其他人大声说出来吗?这样的一个词。他推测利亚姆怀抱的花束是莉莉给的。周围都是挤在一起拍照的家庭。

"谢谢,杰克。"利亚姆说。

莉莉亲了亲利亚姆的脸颊。他笑着羞红了脸。杰克感觉自己是侵入者。他们紧张地交谈了几分钟。杰克问了"那你感觉还好吗""那你都完成了",以及其他一些简单的引导性问题。他不想问起刚刚结束的毕业典礼情况,引得大家注意到他错过了。秋天里,利亚姆注册入读耶鲁大学,但杰克也不想谈论那件事。利亚姆选择父亲念过的学校,结果被忽视的感觉却愈发强烈。但杰克无法忘记这样一个事实,即利亚姆的存在,使他对有生以来唯一理解他的那个人的感情变浅薄了。他怎么能和她以外的任何人建立家庭？

"拍张照如何？"莉莉提议。

她挥手示意他们两个靠拢。杰克搂住利亚姆，并且亲切地摇了摇他的肩膀。他在这个男孩的面前就是做不到行动自然。可话说回来，自然的行动又该是什么样？你的孩子是被一个你几乎不了解的女人带大的，你该如何对待他？那种情况下的行为标准是什么？杰克从没想过再要一个破碎的家庭。那一点他十分确定，这道指令仿佛刻在他的骨头上。但是他也发现，很难让自己投身于一个他从未想过拥有的家庭。

"笑啊，杰克。"莉莉说。

"杰克？"莉莉锲而不舍。

他从闪回中清醒过来。

"他的毕业典礼？他的展出？"

"对，抱歉，我尽量去。"

"时间是下周，你去还是不去？"

他揉揉眼睛。

"我想你应该不明白，如果你不去，会对利亚姆造成多么大的伤害。"

她的镇定姿态正在融化。他以前也看过那样的脸。去年，杰克错过了利亚姆的展出，莉莉哭着出现在他的写字楼大堂。

他邀请她上楼到奥林匹斯公司聊。那是她第一次进他的办公室，关上房门后，她指出他连一张朋友或家人的照片都没有放。墙上倒是挂了一张他几十年前和莱昂内尔的合照。除此之外，他的办公室里就只有梅西耶15星团的照片，那是有史以来发现的最密集的星群，是通过哈勃望远镜拍下来的。

"还有什么事能比那重要？"

他环顾格塔罗伯塔餐厅，洛克斯特手表显示他的心率飙上了100。

"杰克？"她的声音嘶哑了。

"好的，行。"

"什么意思？"

"我去参加毕业典礼。"

"还有艺术展。"

杰克再次拉起衬衫扇风。

"艺术展更重要。毕竟，利亚姆如此富有天赋。他给我讲过展出的主要作品，以及背后的创作思想。和你有关，杰克，探讨的是他和你的关系……"杰克伸手挡住眼睛。她一幅痛苦难忍的模样。他不能再伤害她。"他有一副罕见的心灵。你毕业之后甚至还没回过耶鲁——"

"抱歉。"杰克说着站起身来，"为所有的事。我现在要去开会，不过——我会去参加展出。"

白天剩下的时间，杰克都在想象，在《相互交织》中会发现什么。他为展出上的自己、索菲、莉莉和利亚姆想象了每一种可能的安排。有一半的可能性是他们四个会并排站在一起，那么他会选择站在索菲旁边。他想象着距离她只有一臂之遥。利亚姆在说着什么，因为周围人的干扰，她只能一直点头。她会隐藏起内心翻腾的思绪。如果他问起，她会与他分享吗？参观结束后，她会想出去走一走吗？他想象的是一个晴朗的天气，他完全沉醉其中。每次回到现实，他都发现分析师已经说了一分钟时间，他却完全错失了。

回家路上，他想起布拉德利博士的那篇文章。他一直没看完初恋重聚的那一部分。现在，既然有了确切的重返耶鲁的计划，那么是时候了。他在线找到《被打断的爱》，付费购买，然后一直读到快结束的部分——

"老板，我们到了。"卡尔的提醒声很刺耳。

"卡尔，住嘴。"杰克说。

车子早已停稳。

"卡尔，我们在这里停了多久？"

"十分钟，老板。"

"好的。"

杰克下车走进闷热的空气中。满是汗水的脖子舔舐着衣领。走进大堂,他点头冲看门人打招呼,然后进入私人电梯。刚走进他的公寓,照明系统就启动了。他脱掉衣服,只剩下一件破烂不堪的四角短裤。反正外面会穿整套西装,没人能看见里面穿的是什么,所以杰克也便不愿伪装。他一直都不喜欢奢侈品。

他躺在床上,迫不及待地想看完那篇文章。房间里非常安静,那些突如其来的多余声音对他的心灵所造成的影响逐渐消退了。所有的汽车喇叭声、铃声和人声此刻也都已经平息。他的思想能填满这个空旷的空间。杰克在手表屏幕上轻点最后一部分的标题《二十三对初恋情侣十年后重聚的调查结果》——将文字在腕表上放大——然后一口气读到结尾。

关于这样的重聚,人们普遍不知道的一件事是,对方发生了多么大的改变。社交媒体能展现的只有那么多。在参与调查的二十三对昔日情侣中,有74%的人表示,对方根本没有变,他们对对方十年后的预想完全正确。喜欢早起的人依然喜欢早起,害羞的人依然害羞,虔信宗教的人依然信仰坚定。查克用详细的事例解释,个性是相当稳定的东西。

但这并不意味着,这些从前的情侣又旧情复燃了。事实上,没有一对如此。二十三对人中,只有五对同意见第二面,只有一对又见了第三次,没有第四次重聚。在随后的采访中,查克发现,尽管这些人的默契程度没有丝毫改变,但环境早已变化。

他们分开以后，双方有了孩子，换了新工作，有了新的爱好，也都有了自己的家。有一些被困在相隔数百英里的不同城市中。在查克的研究里，没有人认为，他们还有机会重来一次。

"不是说事情会变好或变坏，而只是变得更混乱。我们的衣服会解体，我们会变老，我们拥有的事物会分裂——这就是熵。"

十四

索菲用力拉着耶鲁艺术学院锁闭的门。利亚姆的展出十五分钟后才开始。她后退几步,看一眼玻璃墙上自己的投影——粉红色的裙子松松地垂在脚踝位置,白色T恤。她想过为今天购置新衣,但还是选择了经典造型。她左右转动下巴,依然没打耳洞。

她决定绕着这片建筑群走一走。在约克赛德比萨饼店,有一些家庭食客在吃甜腻的煎饼和金黄的吐司。索菲在窗外停下脚步,已经不记得上一次看到这么多婴儿是什么时候。一个身穿海军蓝背带裤的男孩在妈妈的怀里尖叫。他穿着玩具一般的新百伦运动鞋,下巴下面有一层软软的肉垫。他的爸爸坐在旁边的椅子上,正在做鬼脸,看上去也十分孩子气。男孩一刻不停地扭动,看上去很沉,不过索菲无法确定,她从来没有抱过那么小的孩子。

索菲路过阿什莉冰激凌店,又看到更多的孩子。一群群的年轻人让她感觉出自己的衰老。大多数时候,她喜欢上了年纪的感觉。从感情方面来说,生活变得更容易。她感觉自己一眼就能发现的东西变多了,此时此地不只是此时此地。路过蓝州咖啡馆时,她看见一个女孩坐在高脚椅上,一双蓝色的大眼睛和她很像。直到现在,偶尔还会有人问她,有没有孩子。她一般只是摇头。全部真相是,她只愿意和一个男人生孩子。她对生孩子并没有明确的渴望。

索菲回到艺术学院。之前她来过这座大楼两次,因为其他的论文展示会。整座校园里,索菲不曾去过的地方,仅限于秘密社团建筑内部,就是附近没有窗户的连栋住宅。不过,索菲还是知道,哪座房子属于哪个团体。她听过许多故事,足够她想象里面的房间和地下室。索菲了解这个地方,这里就是她的一部分。

她推开门。

"琼斯教授!"利亚姆大声招呼道。

他和达雅站在大门和展厅之间,挥手邀请她一同入内。画作排成整齐的直线,悬挂在房间的四面墙上。每一幅布面油画都镶着闪耀的白色画框。利亚姆在最大的一幅画前停下脚步,正是目录册封面的作品。和他一样高的霓虹闪电闪烁着荧光黄

和蓝色的光芒。利亚姆看看索菲,又看看闪电,索菲在阅读墙上的标签:

《流光》2048,布面油画

"人们被无形的力量联系在一起。虽然我们有思考和行动的自由,但我们却团结在一起,就像天穹上的星星,有着牢不可破的联系。这些联系看不见,但我们却能感觉到它们。"

——尼古拉·特斯拉

在暴风雨中,云顶粒子分裂成正负两种电荷。负电荷以"流光"的形式射落到地面,流光也即空气导电的通道。当流光连上地面的正电荷时,电路就形成了,于是就形成了闪电。虽然我们的眼睛会被奇异的闪电吸引,但流光在暴风雨中其实到处都是。这幅作品描绘的就是这种我们看不见的强大联系,以及塑造我们世界的无形之物。

索菲慢慢直起身。她注意到,里面那些从地面涌现的彗星都带有光剑蓝的表盘——毫无疑问是在向洛克斯特手表致谢。

这是利亚姆献给杰克的颂歌:他感觉自己与不在场的父亲紧密相连。

"哇哦,"索菲说,"这——"

"利亚姆!"莉莉叫道。

只见莉莉正漫步走过来,她穿着一条水洗工装裤,颜色与利亚姆的长裤一样,就好像是用同一块巨大的牛仔布裁剪而成。她先是对达雅微笑,然后用尽全力拥抱利亚姆,亲吻他的额头,接着是他一侧的脸颊。利亚姆笑了起来。最后,莉莉站在索菲面前,距离如此贴近,都能用食指的指尖触碰对方。

"我是莉莉。"她先开口,然后她伸出了手,"利亚姆的妈妈。"

索菲感觉到莉莉的温暖。从她和善的笑容中,从她亲吻利亚姆的次数中,从她此刻依然搂着利亚姆的肩膀的动作中。

"索菲·琼斯。"索菲说道。

她们握住彼此的手。

索菲清清嗓子。

"我教利亚姆学物理。"她解释道。

"她为我做的可不止那个。"利亚姆说。

他指着那幅画。

"哦,利亚姆,"莉莉夸张地称赞,"真是一幅杰作。"他们四个站在那里,就像一个有尖突的半圆形,将那幅画围在中间。"我喜欢其中的失重感。"莉莉的手指旋转着,悬在画作里天空中的一个灰色旋涡上方几英寸的地方。"还有谁能画出一场如此轻盈的暴风雨?你让我感到惊奇。"

"谢谢妈妈,"利亚姆说,"其实是索菲帮我想到的这个主意。"

这一刻,在耶鲁艺术学院的外面,热浪烤皱了杰克的黑色轿车上方的空气。他穿着一件圆领衫,下身是一条灰色牛仔裤,距离平时的装扮只差一件西装外套。他想过穿些不一样的衣服——特别一些的——不过话说回来,他就是这种风格。很适合他,而他并不打算隐藏。

他从不祷告,也并不崇拜任何神祇,但那天早上,他却读了他的星座运程。他感觉内心非常脆弱,双脚无法站稳,十分渴望向人类世界以外的力量寻求帮助。贾尼丝是天主教徒,但教会从没强迫他。除此之外,他不知道还能求助什么地方。星图中蕴藏着智慧,不是吗?所以,他读了写给每一个射手座的建议:"今天要当心强烈的感情。你最好的工具是清醒思考、耐心以及保持平静。"说得很笼统,但这些话语安抚了他,让他感觉到与某种永恒和坚不可摧的东西建立了若有若无的联系。

他看着窗外的城市,他在这里度过了性格形成期的大部分时间。到目前为止，纽黑文仍和他记忆中的样子一模一样。一个少年拿着梭罗、爱默生和惠特曼的书从旁边走过。从这里，他看见了以前上"冷战"历史课的那座教学楼。他想，教学大纲应该没有改变。旁边是杰克上心理学导论课的地方，在那门课上，他了解到恐惧症的浸浴式疗法。那种治疗要求人们面对他们在虚拟现实或真实世界里害怕的东西。害怕人群的人将要面对的是模拟的一群人，害怕被拒的人将要面对的是他爱的女人。杰克打开车门，戴上墨镜又摘下，后来还是将它折叠成墨镜的蜷缩姿态，放在车座上。

他走上人行道。

艺术大楼闪烁着光芒。

在一步一步走向那里的时候，杰克感到一种从未有过的脆弱。他的身体意识达到了有史以来最敏锐的程度。吞咽时，他感到自己的整个存在都位于喉咙里。一次呼吸的循环才勉强能证明他还是个活物。他敏感地意识到，他没有特殊能力，只是一堆柔软的组织和易碎的骨头。他不完美，他的自私和冷漠会伤害他人。就和其他许多人一样，他曾坠入爱河，然后再也没能忘记。他只是一个凡人。

他走进去。

美术馆里人潮涌动。

一个少年递给他一本目录册。杰克将其卷成一个圆筒，紧握着拿在腰侧。他的脑袋和肩膀比其余大部分人都高。利亚姆正站在二十英尺外的地方,在和莉莉、达雅以及……索菲说话。终于,他们身处同一个房间。他的血管里流淌着兴奋和恐惧。他需要离她近一些,但又害怕她并没有相同的感受。毕竟,他的缺陷早已暴露了五十多年。他放弃了她,独自建立了一个破碎的家庭——但他的确爱她,深刻地、非常地。他的生活不完美,但他对她的爱是完整的。她站在那里,侧身对着他。他向她走去。她的轮廓小小的,他一个大拇指就能将她挡住。回到大学时代,他经常观察她听教授讲课的样子,她的表情亲切又好奇。此刻,她站在一臂远的前方,表情依然那样亲切,依然那样好奇。她还是索菲,他对她的感觉从未改变。

"杰克。"利亚姆招呼道。

莉莉和达雅转过头来。

索菲也慢慢转过身,像时钟的秒针一般,一个刻度又一个刻度。此刻他们终于能面对面了,一组顶灯照在他们身上。他暗色的眼睛在追随她蓝色的眸子。

"嗨,索菲。"

他的心在抽动,荡漾着狂喜和恐惧——为重聚而激动,为她或许并不这样想而恐惧。这个时刻微妙而又危险。她可以结束一切,只需轻轻一个摇头,或者一声再见,一个突然冲向别处的动作。他等待着——她的目光不曾离开他。她的表情温暖，充满期待，甚至让人感到乐观。

"你还认得出我？"她问。

"一切都是老样子。"

她的心，和他的。

他清清嗓子。

他必须在失态前转换话题。

"好了，"他说，"我们转一转如何？"

利亚姆带领他们在展厅中参观。达雅的三幅肖像都将她的四肢融合在花朵、蕨类和其他绿色植物中。利亚姆说，他希望用植物的主题来引发人们对生育能力的联想，达雅红了脸。利亚姆在解说每幅作品时，目光大部分时候都落在杰克身上。杰克没有抗拒。他没有想法可供分享，也不想提问。他的大脑一片混乱，无法运转。他所拥有的只有感受：期待、脆弱、用心。在整个参观期间，他一直和索菲并肩而立，只隔着一英寸的距离。从未触碰，从未远离。他将她的每一个细节都看在眼里。终于，他捕捉到她的目光，虽然只有电光石火般的一毫秒，是莉莉在赞美《神秘之树——我的母亲》那幅作品时。他们最后停在《流光》前面。利亚姆站在画的前面，双手交抱胸前，想要将其挡住。

"谢谢你们——"利亚姆说。

"这一幅表达的是什么?"杰克打断他,"这是封面作品,对吗?"

利亚姆点点头让到一边。

"嗯,"他谨慎地说,"它捕捉的'流光',是暴风雨中一种无形却强大的现象。这幅作品借鉴的正是那个想法,并且在情感关系中找到了一种类比。有时候,你和某个不在身边的人拥有一种强有力的联系。就像流光,这两个人可能拥有某种充满电荷的情感连接,虽然看不见,却紧密相连。"

索菲、莉莉和达雅都没有说话。周围都是三五成群的人,一边聊天,一边在各处漫无目的地转悠。有些人走到某一幅作品近旁,弯着腰,鼻子危险地凑到画作跟前。

"很高明。"杰克说。

"谢谢。"

莉莉露出骄傲的笑容。

"感谢你们前来。"利亚姆说。

"待会儿我能带你们两个去吃午餐吗,亲爱的?"莉莉问。

"当然。"达雅迫不及待地答道。

"没问题。"利亚姆赞同道。

莉莉看着杰克。

"你有时间一起吗?"她问。

杰克已经多年没在工作日离开办公室了。奥林匹斯的那张暗色办公桌就是他的家，那张桌子比他张开的双臂还要长，他会喝着咖啡在那里忙到午夜。最初的四人组，外加陶妮，都仍在为他工作。莱昂内尔也没有退休，每天都西装革履地来到麦迪逊大道一号，带着他少年时的口味，依然渴望下一个最好的点子。今天，今天没有电话要打，也没有会议要参加。他的日程掌握在他自己手中。是的，他"有时间一起"，但午餐休息这个想法对他来说如此陌生——而且是在如此陌生的地域——他无法回答。

"不管怎样，"利亚姆替所有人解了围，"见到你真的很高兴。"

杰克紧紧地握着目录册。

"我明天会来。"他说。

利亚姆笑着感谢他。

杰克和索菲同时离开。他们走得很近，像是在谈话一般。美术馆里的喧闹渐渐远去，杰克按下电梯按钮。

"你的儿子，"索菲说，"真的很棒。"

电梯里唯一的声音就是他们的呼吸声。索菲仍然清晰地感觉到，杰克的身体离她只有一英寸远。在一个闪回中，她在巴斯图书馆，坐在他身旁拉开背包拉链。她想象着，如果她迷失在自己的思绪中，忘了自己的身体，那么他们的手肘会擦在一起。想象的画面退去了。她依然爱他。片刻之后，电梯停了下来。他们走出去,在明亮的上午阳光中相向而立。杰克眼睛下面的小静脉现在变大了,凸显出来就像翻了个个儿的皱纹。他的下颌线变得更加柔和,却丝毫没有变瘦。他的脸不管变成什么样,她都认得出。她对他的爱是永恒的。

"你想走走吗?"杰克问。

他的语气中没有推测成分。

她点点头。

他们走过冷杉林,沿希尔豪斯街上行。

"我很久没有在外面停留这么长时间了。"杰克说。

他们继续走。

阳光在人行道上投下蛛网般的图案。

"你觉得展出怎么样?"索菲问。

他轻轻地傻笑几声。

索菲环顾四周,想看看发生了什么。

"你应该不会相信。"他说。

"怎么?"

"我刚才几乎没办法集中注意力。"

他们路过最初相遇的心理学教学楼,他们在那里了解了社会判断的概念。当你认识一个人的时候,你会立刻衡量他的两种品质:能力与热情。你会为每一次初遇绘制这样的两条轴线。但杰克认为,他还能判断第三个维度,那便是人们想从他那里得到什么——老师们想通过他来感觉自身的重要性，妈妈想要他成功，大部分人都想要他的钱。但和索菲在一起的时候，他从来都不知道她想要的是什么。她似乎不想从他那里得到任何东西。他感受不到任何目标。她是他有生以来遇到的第一个拥有真正自由感情的人。

他们抵达了科学山的山顶，来到砖石和金属建造的克莱恩生物学塔楼旁。那座大楼有十六层楼高，像方尖碑一样显眼。他们走到距离斯隆物理实验室半个足球场远的一张野餐桌旁，并排坐下来。那里能看见克莱恩一楼的咖啡馆，眺望下面的校园。

"是你记忆中的样子吗？"她问。

"你没变。"

"杰克。"

破旧的野餐桌上刻着谜一般的首字母缩写，每一寸表面都有划痕，能看到木材原本的年轮图案，桌面中央有一条裂纹，像是要慢慢地将桌子一分为二。杰克用手指刮着桌子的表面，弹掉一块小小的木屑。

"大多数人上年纪后都会变得更冷酷。"他说，"但你没有。"

"杰克。"

"怎么？"

"慢一些。"

一对年轻情侣在旁边的野餐桌旁坐下，分食塑料打包盒里的两个三明治，一人一个。杰克握住她的手，她用大拇指绕着他的两个指关节画出数字 8 的图案。

"我难以相信我竟然将你放走了。"他说。

她摇头。

"你没有。"她说。

他眯起眼睛。

"那正是我所证明的。"她说。

"你证明了块体理论。"

"因为你离开后，我感觉你仍和我在一起。我不停地走进我们在大学的记忆中，仿佛那些时刻正在当下发生。然后，当我读到块体理论时……我就明白了。就是那样。那是真的。"

这种观点一直存在，在她最爱的诗句中。"爱无所依傍……无始无终""情人并不最终相遇在某处，他们一直在彼此心中""只用眼睛相爱的人才会分开。因为对于那些用心和灵魂在相爱的人来说，这个世界没有离别"。块体理论的精神存在于杰克收藏的那些赞颂永恒连接的音乐中。

"我也会有那样的想象。"

他看着他的手环。

"你有没有……看见过未来？"他问。

"没有，怎么？你有吗？"

他点点头。

"你看到了什么?"她问。

在他的想象中,太阳落山了。他们的房子就和索菲童年时的家一样,周围都是树丛。她的身影出现在图书室的黄色窗口。

杰克紧握住她的手。

"我们。"

他在思考。

"现在我想起我的一些想法。有时在工作中,我看见一些公司能比其他所有公司都更快地取得成功。它们就像是可视化直觉。我想应该不只是那么简单,不过……我不知道,我原本以为那是不可能的。"

"所以你选了洛克斯特?"

他摇头。

"不,我选洛克斯特是为了你。洛克斯特一直在投资关于时间方面的研究。我所做的最大的决定总是因为你,索菲。"他不想再浪费时间,"你觉得纽约怎么样?"

"什么?"

"没有你,我不能回去。"

索菲瞪大眼睛。

"跟我们以前在的时候相比,那里变了很多。"他继续说,

"不像这里。"他指着科学山周围。她扭头看时,他想象着他们在他的公寓里的情景,里面已经配备了家具。"我应该早点问你的,我应该十年前就回来的。但是我听到了一段采访……以为你还有更多的理论想要证明。我应该直接回来的。"

索菲困惑地眯缝起眼睛。

"《耶鲁每日新闻》的那次访问,你说你还有'其他想法'。我不想妨碍你。"

索菲歪着脑袋,但并不是在反对。

"你现在依然还有其他一些想法。"他意识到。

他等待着。

"是什么?"他问。

她于是挑出一个。

"当你陷入爱情的时候,你看见的是时间真正的模样。这是一个更大想法的简化版本,完整的真相要更复杂。你听过超对称理论吗?"杰克摇头。"是说每个粒子都有一个被称为'超对称伙伴'的粒子与之匹配。从来没有人观测到,或者测量到过这个超对称粒子。但如果没有它们,许多重要方程都无法保持平衡。"杰克连连点头。"有人说,超伴子是暗物质的组成部分,属于我们看不见的宇宙,而且——"

"而且?"

"我认为这些粒子是存在的。不仅如此,我认为它们存在于每一种质量之中。我认为每个人都有一个超对称伙伴——就质量和能量构造而言——能将人们与看不见的世界连在一起。"她紧握着杰克的手,"我们与自身的超对称伙伴形成紧密联系,他们让我们更靠近现实。所以我们才能看见时间真实的面貌。我认为一些人用'灵魂伴侣'这个术语就是想要表达这个意思,不过这一理论的内涵要伟大得多。它更像是一扇门,一扇窗,通往我们尚未测量过的每一样事物。在它们身边,我们有真正的生理反应。它们为我们提供了平衡。"

杰克思忖着这一理论。

"那你为什么不探索那些?"

"块体理论之后,我就失去了兴趣。"

"为什么?"

"我相信我自己。我无须证明也知道它是真的。"

科学山上一片安静。

"你还有时间,可以继续探索。"他说着抽回手。

索菲意识到他的意图,他要离开,他希望她继续工作。

"杰克,"她说,"那不是我想过的生活。那甚至不是最重要的目标,甚至都不沾边儿。"她由于急切而加快了语速,"无关思想。我一生中所获得的最珍贵的领悟就是,最有价值的利用时间的方法,是爱。这不是什么复杂的想法,却是问题的关键。人们过于重视智慧了。但其实应该听从内心,过自己真正想要的生活。"他看上去像是在沉思。"所以，不管在什么时候，只要我有得选，我都会选择与他人一同度过。即便那意味着，我在世界上留下的痕迹会变少。"那正是她仍然在从事教职的原因。她早已成长为最合群的人，她教课、保证办公时间、拜访马尔奇克夫妇和其他朋友、探望父母。她总是十分亲切。她从未停止爱杰克。

他长长地叹了口气。

看上去像是做好了准备，即将通报坏消息的样子。

"杰克，请不要匆促地做任何决定。我们不需要在今天之内就解决所有问题，我们明天还会再见。那时你应该就清醒了。"

"我爱你。"他说。

"我知道。"

十五

索菲顶着炽热的阳光走下希尔豪斯街,与几十个家庭一起慢慢地移动。他们的声浪在她周围相撞。所有人都要去十字校园参加毕业典礼,笑声、尖叫声和交谈声此起彼伏,像是要争夺空气一般。

虽然交换了电话号码,但她还不曾联系杰克。

他会来的,对吗?她停在打开的门外。斯特林图书馆门前摆放有数千把折叠椅,都面朝舞台的方向。是拥挤的人群让她停下了脚步。距离仪式开始只剩十五分钟。前面的场地仍旧空着,在等待毕业生的入场。她看到了她的父母、乔伦娜和马尔奇克夫妇,他们都在最靠近霍珀学院的区域。

她给他发了一条信息:杰克?

毕业生从她身旁走下街道,黑色袍服垂至脚踝位置,发出沙沙的声响。即将升上大四的学生则会经过她,进入庭院的另一面。

她看了一眼手表。

"索菲!"

她费了些时间才锁定声音的来源。

利亚姆头戴学位帽,身穿学位服,朝她小跑而来。

"你都不会相信。"他说。

"怎么了?"

毕业生队伍没有理会他,继续向前走。

"戴维斯画廊想展出我的作品。"

"戴维斯画廊?"

"是纽约的一家大画廊。马歇尔·戴维斯昨天来看了我的展。"利亚姆敬畏地摇着头,"我妈说是杰克请他来的。我无法告诉你,我有多高兴。"

"那真是太棒了!"

"我刚刚才得知消息。他喜欢《流光》。"

索菲给了他一个拥抱。利亚姆笑了起来,抽身后他的双手依然搭在她的肩膀上,他的眼睛像星星一般闪闪发亮。

"你一定要来纽约看看。"他坚持道。

"当然。"

"谢谢你,为了你所做的一切。"

学位帽压住了他的耳朵，使得它们比平时更加突出。

"我得跑起来了。"他说。

他的微笑触动了她，接着他小跑着回到队伍当中，袍服在身后翻飞。她握着自己的手，看着他的背影，直至他消失在人群中。

杰克正坐在只隔一个街区的酒店房间里。他弓着腰坐在沙发上，穿的仍是去看利亚姆的画展时的那套衣服。他将手肘压在膝盖上，双手握拳撑住下巴。利亚姆的毕业典礼随时都可能开始。杰克不想错过，但也没决定去。他不知道是否还能再见到索菲。问题不在于他和索菲是否还爱着彼此，而在于他是否需要同他爱的人在一起。他一直在回忆昨天谈话的片段。整晚的时间，他一遍又一遍地组织语言，思考原本应该说的几十件事。"即便那意味着，我在世界上留下的痕迹会变少。"在她告诉他这句话后，他本该说："但那样你就永远也看不到你在我心中的样子。你就永远也不知道，当你的光芒熄灭之后，活下去该是多么艰难。"

"我一生中所获得的最珍贵的领悟就是，最有价值的利用时间的方法，是爱。"

当时，杰克一直在试着理解超对称理论——想着它解释了他们之间的牵引力，他们就是彼此的超对称伙伴，他们的关系早已将他们两个与真正的现实联系在一起——因此他没能集中全部注意力,关注她在说什么。

"最有价值的利用时间的方法,是爱。"

他终于明白了。如果他真的尊重她那百年一遇的天赋,那么他就必须尊重她所得出的结论:与真正重要的事情相比,思想完全无关紧要。答案不在头脑中,而在心里。人们应该将宝贵的时间用来爱彼此。他笑了。他真的可以带她回纽约。在他的公寓里,不管她想往墙上挂什么东西,他们都可以一起行动。

他离开了酒店。

在前往十字校园的路上,他经过了他们曾经住过的伯克利的那套两室公寓,于是抬头仰望那扇窗户。大二那年开学的前一天,他们将床垫和床头板从一间卧室拉到了另一间,将两张床组合在了一起。开学几周后,他们依然没能适应床上多出来的空间。他们只睡在一张床上。每天早上醒来,他们都会看到,在索菲的另一侧,还有一张床的空间不曾使用,床单和枕头都没有睡过的痕迹。即便是在少数夜晚,他们一开始睡在床的两边,想要享用整整两张床的奢侈,醒来时却发现,他们还是只睡在窄窄的一小块区域。

"我们为什么就不能好好地利用这张大床?"一天早上,

索菲抱怨道。

"因为我们即便睡着了也在寻找彼此。"杰克说。

杰克走过他们的吊床。

走过他们的餐厅。

他在雷鸣般的掌声中穿过观礼的人群。毕业典礼才刚刚开始。毕业生队伍蜿蜒穿过前面的一排排椅子,每个人都站起来欢呼。杰克看到她正坐在她的父母之间,旁边还留着一个空位。他朝她走去,心脏开始狂跳。他一直以为,她迷失了自我。但实际上,她一直在践行着她最伟大的发现。

他们的目光交汇在一起。

"谢谢。"所有人都坐下来时,他小声说道。

他指着那个空位。

"当然。"她说。

他亲吻着她的脸颊。

"我爱你。"她说。

"我知道。"

图书在版编目（CIP）数据

流光中的爱人 /（美）玛德琳·亨利著；陈磊译. -- 北京：北京联合出版公司, 2023.3
ISBN 978-7-5596-6382-5

Ⅰ.①流… Ⅱ.①玛…②陈… Ⅲ.①长篇小说－美国－现代 Ⅳ.① I712.45

中国版本图书馆 CIP 数据核字 (2022) 第 164046 号

北京市版权局著作权合同登记 图字：01-2022-3572

Copyright © 2021 by Madeleine Henry
All rights reserved.

流光中的爱人

作　者：[美]玛德琳·亨利
译　者：陈　磊
出品人：赵红仕
责任编辑：孙志文
出版统筹：慕云五　马海宽
特约监制：慧　木
策划编辑：王　鑫
封面设计：王　易

北京联合出版公司出版
(北京市西城区德外大街 83 号楼 9 层　100088)
北京联合天畅文化传播公司发行
北京中科印刷有限公司印刷　新华书店经销
字数 170 千字　880 毫米 ×1230 毫米　1/32　9.25 印张
2023 年 3 月第 1 版　2023 年 3 月第 1 次印刷
ISBN 978-7-5596-6382-5
定价：49.00 元

版权所有，侵权必究
未经许可，不得以任何方式复制或抄袭本书部分或全部内容
本书若有质量问题，请与本公司图书销售中心联系调换。电话：010-64258472-800